世界经典散文随笔译丛

OLD INNS
老客栈

[英]塞西尔·阿尔丁◎著
钱婷◎译

重庆出版集团 重庆出版社

图书在版编目(CIP)数据

老客栈 /(英)塞西尔·阿尔丁著;钱婷译. —重庆:重庆出版社,2019.3

ISBN 978-7-229-13444-0

Ⅰ.①老… Ⅱ.①塞… ②钱… Ⅲ.①散文集—英国—现代 Ⅳ.①I561.65

中国版本图书馆CIP数据核字(2018)第191097号

老客栈
LAO KEZHAN
【英】塞西尔·阿尔丁 著　钱　婷 译

丛书策划:李　子
责任编辑:李　雯
责任校对:何建云
版式设计:侯　建
封面设计:严春艳

重庆出版集团　出版
重庆出版社

重庆市南岸区南滨路162号1幢　邮政编码:400061　http://www.cqph.com
重庆市鹏程印务有限公司印刷
重庆出版集团图书发行有限公司发行
E-MAIL:fxchu@cqph.com　邮购电话:023-61520646
全国新华书店经销

开本:880mm×1230 mm　1/32　印张:4.25　字数:110千
2019年3月第1版　2019年3月第1次印刷
ISBN 978-7-229-13444-0
定价:35.00元

如有印装质量问题,请向本集团图书发行有限公司调换:023-61520678

版权所有　侵权必究

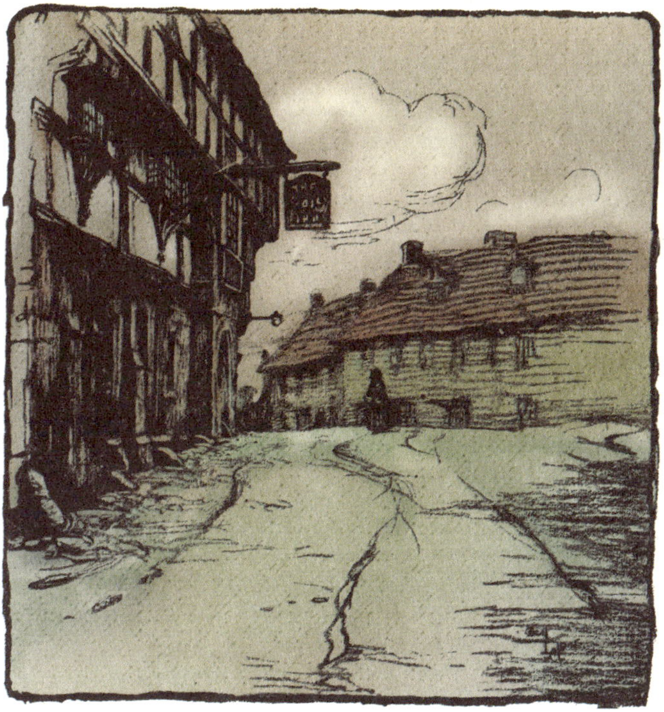

目录

引言 · 1

第一章 · 5
　伦敦老客栈

第二章 · 15
　乡村老客栈

第三章 · 27
　魅力三客栈

第四章 · 39
　老乔治客栈

第五章 · 51
　　随性的旅程

第六章 · 65
　　里普利骑行

第七章 · 71
　　王首客栈

第八章 · 77
　　老客栈遐想

第九章 · 99
　　漫游老客栈

第十章 · 123
　　结束

引言

无论你我是否经历过生命的起伏,
无论我们停留在生命的哪一个阶段,
希望每一个灵魂都可以在客栈
找到温暖自己的火光。

——威廉·申斯通

从前，中校帕特森写了一本书，书名人人都知道，叫《帕特森之路》。并且在1831年，也就是该书更新至第18个版本时，爱德华·莫格先生把这本书包装得更加与时俱进了。而这位先生的名字总是和肥皂、海绵还有他的马车费联系在一起。

爱德华·莫格先生曾写过一长段浮夸的致谢信给乔治四世国王，在致谢信中，他提到了这位中校的书，还有我的书的部分内容。这份致谢信风格独特，不像是一位市议员的晚宴讲话。在此，我冒昧地引用该致谢信内容，希望在本书的开篇让我的读者感受到享受晚餐和阅读的满足和乐趣。

原文如下：

"……各种古玩不胜枚举，奇珍异宝、辉煌建筑、雕像艺术、国内外艺术家的杰出作品等都为这座岛国迷人却又变化万千的风景增添宏伟、生动的惊鸿一瞥。由此可以断言，放眼天下，若称第二，无人敢称第一。

愿陛下建久安之势、成长治之业、享帝王之福，这便是您的谦卑、忠诚的臣民爱德华·莫格之愿。"

这就是《帕特森之路》的内容。但是，除了这些描写"辉煌建筑"之类的绝妙语句外，致谢中鲜有提及那些可以更换驿马的客栈。

至少这些还在经营着的客栈，我曾经有到访过，不为更换驿马，只为能够在这本书中重现它们历经沧桑的样子。

第一章

伦敦老客栈

那些关于老街、狭长又低矮的温馨如家的客栈的回忆，熙来攘往又令人兴奋的感觉随着马车的暂停陷入对快乐的车夫、合着节拍的骑兵、丰腴的女房东和永远不能忘记的老客栈的回忆中。

老客栈

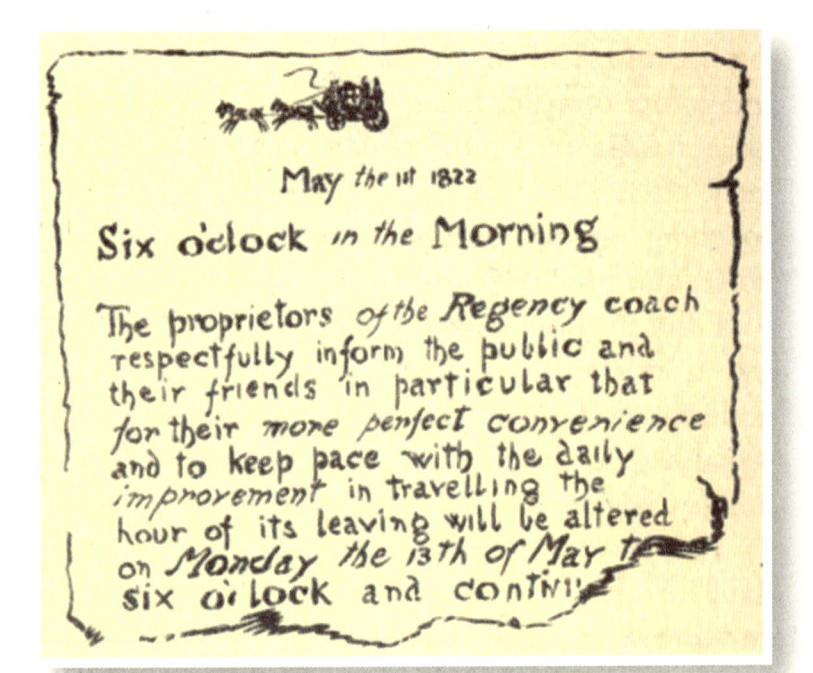

> May the 1st 1822
>
> Six o'clock in the Morning
>
> The proprietors of the Regency coach respectfully inform the public and their friends in particular that for their more perfect convenience and to keep pace with the daily improvement in travelling the hour of its leaving will be altered on Monday the 13th of May t[o] six o'clock and contin[ue]

1822年5月1日清晨6点

凯悦马车经营者敬告用户：为方便广大用户，跟进日益发展的交通，凯悦马车的出行时间从5月13日周一起调整为早上6点，并继续……

第一章 伦敦老客栈

在《帕特森之路》泛黄的书页中,我发现了一张破旧的1822年的马车公告。我猜想应该是受莫格先生晚宴讲话的影响,所以该公告的第一行就有尽量避免趋炎附势之意。尽管如此,我还是忍不住转载该公告。

只是一张被某个乘车人放在书中作为书签的旧传单,却能够勾起昔日的回忆!

那些关于老街、狭长又低矮的温馨如家的客栈的回忆,熙来攘往又令人兴奋的感觉随着马车的暂停陷入对快乐的车夫、合着节拍的骑兵、丰腴的女房东和永远不能忘记的老客栈的回忆中。

在橡木镶板的餐厅中,壁炉里的火星在炉中飞舞跃动,餐柜由于热胀冷缩而噼啪作响,这一切现在都消失了。对于一个当下的旅者而言,只想在完成了四十或五十英里行程后恢复疲惫的身心。但在马车时代,人们会在每八或十英里找一家客栈歇歇脚,以更换驿马。

在马车时代,"启程"是一件很严肃的事情,不能掉以轻心。我们现在很难想象客栈在父辈心中的重要性。

然而马车时代的客栈是宁静安闲的,客栈老板心宽体胖,多数情况下对讨价还价也不斤斤计较。

这些老房子沿着大路星罗棋布地分布着,或像我的朋友帕特森所说隐藏在"英国的十字路口"。

这些老客栈中许多都瑰丽无比——或是地理位置好，或是内部装潢考究，还有一些在历史上和小说中都很出名。

仅仅只是深入挖掘几家客栈背后的故事就已经超出我的能力范围，所以我打算只是简单了解一下它们，就像完成速写画一样，但我也会尽自己所能给出比爱德华·莫格先生提供的信息更多。后者在寻访客栈上所花的时间少得可怜，却能够编撰出一份"辉煌建筑"的清单，从而使他精确的英里数得以记载史册。

人们把客栈分为不同类型。有具有历史意义的、前身是修道院的；因小说而出名的、曾是著名驿站的客栈；还有的为人所知主要是因为其奇怪的前身。在今日旅者的眼中，拥有回廊的客栈（伦敦的这些客栈已经成为邮差点和公共马车驿站）、安妮女王时期和早期格鲁吉亚风格的客栈（主要分布在伦敦的主干道上）才是他们的最爱，最后是古朴别致的乡村小客栈，如果你乘坐18世纪的四轮马车，可能会停在其中一家门口。

作为马车时代轮上的轴心，以此将条条大路辐射到英国的各个角落，伦敦的回廊式客栈其作用不言而喻。这些客栈自成一体，其中知名的有双颈天鹅客栈、贝尔野人客栈、撒拉逊首领客栈、斗牛客栈、乔治客栈和位于南华克区的白鹿客栈。不计其数的马车就是从此出发穿行在英国的大街小巷。

在这段客栈繁忙的历史时期，许多大客栈，在伦敦往往被称为"庭院"，都是邮差和公共马车的出发点。它们一般为私人经营或拥有,作为一项对驿站马车的投资。

卓别林和谢尔曼可以算是实力最为雄厚的客栈主人。卓别林曾一度拥有天恩寺街的飞鹰客栈、十字钥匙客栈、小伙巷的双颈天鹅客栈、费特巷的白马酒窖、天使客栈和圣克莱门特·戴恩斯客栈。同时,他还拥有1300匹马用于邮递服务。谢尔曼则拥有位于圣马丁教区的斗牛客栈和其他客栈,此外还有约750匹马服务于公共驿站。当然还有许多其他客栈主人值得一提,但因年代久远,人名都已遗忘。

另外有两位客栈女主人非常出名。一位是纳尔逊夫人,其家族和马车生意联系紧密,她拥有天恩寺街的飞鹰客栈(从卓别林处转手)和阿尔德盖特街的公牛客栈。此外她还是短途公共马车的大业主——其后人后来成为受人欢迎的公共汽车的经营者。

另一位是芒廷夫人,拥有撒拉逊首领客栈和雪山客栈,同时也涉足于马车生意。其家族的许多族人都经营公共马车。

所有通往北部地区的马车都停靠在伊斯灵顿的孔雀客栈,该客栈与皮卡迪利大街的白马酒窖(今称伯克利酒店)和格洛斯特咖啡屋齐名。后者是所有投向西部地区的邮递站点,也是如今规模巨大的皮卡迪利酒店的前身。

1830年,威廉·皮特·伦诺克斯勋爵回忆到在"白马酒窖"时的情形:

"在马车时代,没有比位于皮卡迪利大街的白马酒窖更让人得以消遣时光的地方了。人群攒聚、鱼龙混杂、嘈声鼎沸，这一切都值得博兹[1]或是克鲁克香克[2]的笔墨渲染、勾勒一番。人们四处忙碌、来去匆匆；四轮马车、出租马车、轿厢、货运马车、手推车往来不绝；人头攒动、人声喧哗不绝于耳。

"行李箱、皮箱、帽盒、硬纸盒散落在人行道上，水果摊贩、雪茄摊贩、兜售雨伞的、贩卖宠物狗的，还有卖海绵的都奋力吹嘘着自己的商品质优价廉。带刀片的小折刀、纽钩、打洞器、采摘机、柳叶刀、螺丝锥、螺丝枪，还有锯子都在这里兜售。这儿四条皮带只要一先令；也有人用从来没见过的异国花式大手帕交换一顶老式礼帽；尽管那种被马车制造者称为'黄色小身体'的伦敦麻雀在森林中自然清新的曲调从未在伦敦城里被听到过，但这并不妨碍它们在这儿一转手就变成了金丝雀；邋里邋遢的土狗经过一番修整打扮看起来像童话故事里的牧师一样正儿八经，'它们可都是被遗弃的'，这么被狗贩子一嚷嚷，然后还给它们戴上蓝色丝带予以装饰点缀，摇身一变成了聪明伶俐、乖巧听话的法国贵宾犬；有用知识扩散协会的成员

---

[1] 查尔斯·狄更斯（1812—1870年），笔名博兹，19世纪英国批判现实主义小说家。博兹取自他最小的弟弟奥古斯都·狄更斯的名字——家人从小喊奥古斯都"摩西"（Moses），喊顺嘴就成了"博斯兹"（Boses），而且逐渐变为"博兹"（Boz）。（译者注）

[2] 乔治·克鲁克香克（George Cruikshank），英国画家、漫画家、插图画家，以画政治讽刺连环漫画开始绘画生涯，后为时事书刊和儿童读物作插图。（译者注）

却以极小的声音沿街兜售书刊著作：年刊只需一先令，业余画家的版画卖两先令，精装版预言年鉴一便士，《一码半的歌曲》半便士铜币，插画版《伦敦云雀》一先令；此外还有沿街叫卖的卖馅饼的小贩、不知何处突然冒出的马夫、土里土气的乡下人和城里的地痞流氓；闲谈、胡扯、神游不时被街边弹奏的小夜曲、横冲直撞的牛或是骑兵的号角打断。"

读起来确实很有趣——但我们还是很难想象当启程时，

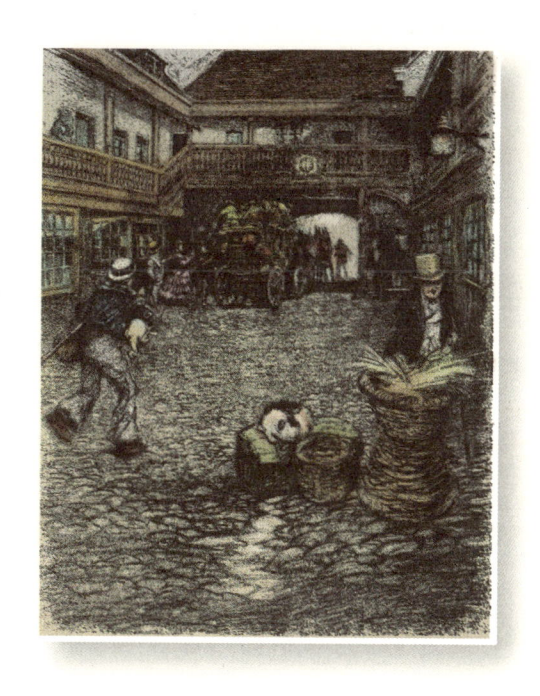

南华克区的凯瑟琳轮客栈

马车乘客与狗贩子、"金丝雀"或是《一码半的歌曲》有何关联。尽管读者也会读到骑兵用他们那嘹亮的喉咙使乘客惊叹于他们的声音技巧，但在我看来，毛毯和外套才是畅销品。

上文中提到的客栈都是伦敦的一些主要客栈，其中还应包括位于南华克区的一些客栈，如泰巴德客栈、乔治客栈、白鹿客栈、王首客栈、女王客栈、贝尔客栈和凯瑟琳轮客栈，这些都属于回廊式客栈。

卓别林所拥有的双颈天鹅客栈可能是所有这些客栈中规模最大的。根据一些老油画所描绘的，这家客栈的入口大拱门高到可以容纳两辆马车叠加驶入而无须驾车人摇着铃铛提醒说"小心碰头"。

然而那个时代专门画动态景物的画家并不是总能获得他们作画应有的报酬，并且据警察所获取的消息而言，这家客栈是不是真如描绘的那么大还不一定。但即使是这样，它宽敞的庭院四周肯定也有数量众多的房间，是街上一座真正的大旅馆。

最具风景也是历史最为悠久的算是南华克区的泰巴德客栈了。尽管在马车时代，停靠该客栈的慢速货运马车比时尚快捷的客运马车要普遍得多，但这家客栈还是具有很浓厚的历史氛围。

最终，泰巴德客栈于1875年被拆除用以修建现代建筑。在当年，民众中还是掀起了一阵对故意毁坏文物的行为的强烈抗议。

"保护者"的主要观点是该客栈与乔叟的《坎特伯雷故事集》有着紧密的联系。

然而,一直矗立到1875年的这家客栈并不是1388年乔叟所创作的著作中的那家客栈,并且据记载,那家客栈已于1628年被拆除或是在大火中付之一炬。

但是泰巴德客栈还是得以保存,并随着时代的变迁最终于1875年被拆除。

白鹿客栈是另一个装修考究的回廊式客栈,也是狄更斯在其热销小说《匹克威克外传》中描写山姆·维勒第一次遇见匹克威克的地方。

一想到这一长串伦敦老客栈的清单上如今只剩下南克华区的乔治客栈还保存原址,就让人感到无限伤感。

飞鹰客栈、斗牛客栈、白鹿客栈和双颈天鹅客栈及其庭院、回廊,还有客栈内的一切都消失在历史的长河中。

它们的建筑独具一格,在其遗址上我们目之所及的只有平淡无奇的商店和电影院。我们还真是一个满是店老板的国家啊!

在此引用一句拉丁谚语:世间的荣耀就此烟消云散。

第二章

乡村老客栈

真正的美丽——并非漂亮,是线条和色彩构成了它的主要特色。它总能打动你,使你停下脚步,凝视着它的人字形屋顶、带栅栏门的拱门和不远处的庭院。

经过粗略地一瞥伦敦这仅有的几家老客栈,其图画资料是如此之少,而后发现在乡村有数量众多的保存完好的老客栈真是让人感到欣慰。

伦敦的客栈已经衰败、没落,但乡村的客栈却继续经营着。尽管生意兴隆的现象已经多年不见,但汽车的出现却一度使乡村客栈的营业额大为增长。

随着汽车的可靠性逐渐提升,乡村客栈也开始繁荣。时至今日,它们的经营都呈现出一种达到马车时代顶峰时期的可能性。

就像帕特森在他的著作中对沃里克郡的绍瑟姆和诸多其他乡镇的描述时提到,可能它们的势头会像洪峰的标记一样不断增长:"集市是在每周一,但当地居民经济收入的主要来源是经过小镇的旅者在此的花销。"

然而,客栈的经营不是我们的关注点,我们所关注的是这些古朴别致的老房子。有时,生意的兴隆会让老板产生粉饰客栈的想法,房屋的建造者也会提出修缮的建议,但这对老客栈未来的保护却是极大的威胁。

在乡村,房屋的建造者是值得尊敬的。一般说来,他虽喜欢称自己的建筑为"一个漂亮的方形房子",但他对这些老建筑所怀有的情感却少得可怜。

可能他手头有一批亮绿或其他颜色鲜艳的油漆,那么他肯定会强烈建议用这些油漆去粉刷老客栈。于是结果就是几年后，打个比方吧，你客栈里庄严的祖母被打扮得像个合唱队的少女，在她仰慕者的眼中变得是那么的不伦不类。这样一来，油漆就成了麻烦之物了。

从道理上来说，随着生意越来越兴隆，房屋的粉刷和装饰都是必要的。但房东应该采纳合理的建议来搭配颜色和设计，以免（如果他们有老房子的话）出现杀鸡取卵的情况。

这一点小忠告并不是随意揣测，而是基于众多事实。让我们再度回到爱德华·莫格先生的书卷中，踏上我们第一次的客栈之旅。

打开书，我们可以找到他所给出的从伦敦到格洛斯特的邮递路线，途经多尔切斯特（牛津郡）、阿宾顿、法林登、费尔福德、吉伦舍斯特、贝尔利普，最终到达格洛斯特，行程一共107.25英里。这是他在海德公园角制作出的。

如今，尽管在格洛斯特如数家珍的客栈中，新假日客栈才是我们的终点，但在这107.25英里的行程中，我们一路还是可以看到许多历史悠久、古朴秀美的老房子。

其中，多尔切斯特（牛津郡）的乔治客栈应该是最有趣的一家了。

首先，我们驶出伦敦城外49.25英里的距离，轻装上阵，这大约要耗费一桶汽油，但我们也就此踏上了一睹乔治客栈风采的旅程。

一家客栈的魅力主要是其内在，也就是说在其庭院内，尽

老客栈

管它的吧台也有一些不为人知的吸引力。

客栈的庭院于艺术家而言有着致命的魅力。如拜厄姆·肖就把庭院作为他的画作《坎特伯雷的朝圣者》中的一个场景；画家登迪·萨德勒也多次画过庭院；此外还有一大批不甚出名的画家就不一一列举了。

乔治客栈的"美丽"不是艺术家所用的那个词语，它的美丽在其独具特色的魅力。

多尔切斯特的乔治客栈的庭院

第二章 乡村老客栈

真正的美丽——并非漂亮,是线条和色彩构成了它的主要特色。当你穿过多尔切斯特那弯弯曲曲的羊肠小道,近距离地站在位于小村庄里的老乔治客栈前,它总能打动你,使你停下脚步,凝视着它的人字形屋顶、带栅栏门的拱门和不远处的庭院。这一切都提醒着你它是一家历史悠久的老客栈。

这就是为什么自二十年前我们首次介绍它以来一直吸引着我的原因。至少还夹杂着可爱的老房东时不时的咒骂的坏习惯。

虽然这个习惯已经改不了,但和房东交谈两分钟后,他最恨之入骨的敌人(如果他有的话)也会视之为一种亲切的表达吧。

他会以同样亲切的方式与客人以及两个为他看守房子的已婚的姐妹交谈,并且每句话中都会用到情感极其强烈的形容词。

说来在他的词汇中也只有两个咒骂的单词,但无论何时只要他开口,这两个单词就会蹦出,如在感谢光顾、表达对他的姐妹和朋友的情感时。并且他还很惊讶于为什么会有人指责他说出这么不雅的语言,实际上他自己是完全没有意识到的。

一晃这已经是二十年前的事了,这位老房东可能也已经同埋在客栈对面的墓地里的先人相聚了。我深信他的为人应该由其行为所评定,而非其颇有些古怪的话语。

当然,这都是题外话了。

老客栈

现在在乔治客栈的庭院内仍可见回廊和旋梯,哎,时光荏苒,这些早已腐朽。铁路的发展历史于客栈而言不是一段好光景,客栈明显开始落寞,在那期间,客栈的马厩和马车房里都空无一物。

现在汽车时代的来临开始逐渐带动客栈的经营,但它看起来似乎无力抓住机遇,渐渐演变为坐落在村庄里的小客栈,主要顾客是当地村民,偶尔来些外地旅客光顾。但即使是这样,我们也必须保留它旧日靠车轮度日的记忆——那是一段每日车

多尔切斯特的乔治客栈:回廊的一角

流不息的光阴：马车、邮车、驿车，还有双轮战车穿梭在多尔切斯特那弯弯曲曲的小道上驶向牛津或伦敦。

所以不管怎样，人们都会忍不住去回忆这些老房子——就像它们有血有肉、有思想和记忆。但当老房子的光辉和兴旺景象不复存在后，留给人们的只有无尽的沮丧和失落。

我们驶离伦敦只有 47.25 英里（我总喜欢用帕特森的四分之一英里的说法），在找寻老客栈的旅途上还要走好几百英里，所以我们不能在这个村里逗留太久。

牛津的米特雷客栈

老客栈

在多尔切斯特外有一条岔路口,左手边的路口通往阿宾顿,右手边的驶向牛津。帕特森的路标清清楚楚地指向左边路口,但距离仅9英里远的牛津对我们的诱惑实在是太大了。

踩下油门,或是松开油门,管它哪一个才是正确的说法,总之我们驶过了通往阿宾顿的路口那么一小点儿的距离,在我们的车还没停、我们也没考虑转弯之前已开往牛津。

牛津之旅,或其他任何地方,我们所寻找的客栈很可能在当地的编年史里都不曾记载。但恕我直言,比起客栈里重要的装饰和饰物而言,寻找客栈才是我们要做的。

牛津有许多客栈,但最让我们感兴趣的是金十字客栈和米特雷客栈。金十字客栈较难找,因为它没有前屋,只有一道拱门直通其院。

对居住在小镇的人而言,它是再熟悉不过,但偶尔路过的游客,很容易错过它。

穿过金十字客栈入口的拱门,就进入了它的庭院。这家客栈有许多颇为有趣的特色,如都铎式的天窗;站在入口往右回看,可以看到整条街景,特别有意思。往左走就来到了一个用木板隔成的咖啡屋,仅此一屋就值得观赏一番:墙上挂有牛津旧时名人的油画,温暖舒适的小屋立刻把我们的思绪拉回到马车时代的大环境中。

米特雷客栈是美国在欧洲历史上留下来去匆匆的印记的客栈之一。牛津的克拉伦登客栈的老房东给我讲述了关于它的

第二章 乡村老客栈

乡村老客栈

故事。

有一天,他收到了一封来自艾汶河畔的斯特拉福德的电报,电文如下:

"请准备一份供 6 人食用的午餐,就餐时间为中午 1 点。钥匙可于 12 月 15 日至牛津大学取。

——赛拉斯·K"

正如文中所知,在牛津只用 45 分钟做好一份午餐——这还是得在房东有钥匙的情况下。

但这是美国人早期进入英国或待在欧洲的日子。在那段时期,一切于他们而言都很新鲜,但他们停留的日子又很短。现在,他们眼界开阔,并且可以花时间去了解欧洲。

就客栈而言,我很遗憾这些美国人曾经来过,因为他们把能带走的都带走了。比如说位于班伯里的驯鹿客栈,其优质客房中有一间以"全景"出名,但现在只剩屋顶的复制品保存在南肯辛顿博物馆。

尽管驶离米特雷客栈已有一段时间,但距离格洛斯特仍有 60 英里的行程。这迫使我们必须上路,因为欣赏牛津的建筑并非我们的主题。

阿宾顿是我们的下一站,那里有一座古雅精巧的老客栈。进入集镇、穿过古桥,就走进了其内铺满令人"目瞪口呆的腰子形鹅卵石"的庭院。

尽管走在铺满令人目瞪口呆的腰子形鹅卵石的庭院让人

感觉非常不舒服，但这种庭院的确是风景如画的老建筑的绝佳搭配，它的别致和建筑的美景相得益彰、互为映衬。还有老客栈里的这些上了年纪的常客能够忍受这种庭院多年也是令人惊讶。每个集镇都有用鹅卵石铺砌而成的庭院和街道，伦敦所有的主干道就铺满了鹅卵石。在17世纪，鹅卵石的形状主要还是腰子状，但进入马车时代后，椭圆形和方形的鹅卵石就成了主流。

如果你想看看一家老客栈最美丽的时刻，那便是黄昏时候，其粗糙的外表渐显柔和，这也是值得你向它致敬的一刻。我总是尽力在这一刻到达这些客栈中的一家，这一次我们赶到了格洛斯特的新假日客栈。虽然客栈的名字中带有一个"新"字，但它却有着最为有趣的历史，这段历史我们将在进餐、洗去一身风尘仆仆后娓娓道来。

第三章

魅力三客栈

在诺顿圣菲利普村有一家乔治客栈,尽管处于半零不落、古旧颓败的状态,却仍不失为一块珍宝。

老客栈

享受着晚餐，好吧，我们希望能够享用完厨师的杰作（可不是法语单词主厨）：热烤柠檬芝士蛋糕——浓烈厚重的芝士里蕴含着柠檬的清香，喝着香浓可口的咖啡时你就想着来点什么酒好，然后舒舒服服地看看书，做个笔记，学习一会儿，了解一下新假日客栈的历史。

一切都是那么恰如其分，还有广告打出的"饭后就想打个盹儿"，对于这条广告语我们可不反对，但了解一点客栈的历史还是有助于食物的消化。

圣彼得修道院的僧侣约翰·特文宁，约在公元1456年修

1825年，格洛斯特的新假日客栈

建了这家客栈，当时主要是为了给众多前往格洛斯特大教堂的朝圣者提供住所，因为在这座教堂里埋葬着英格兰国王爱德华二世。

所以这家客栈最初是修道院的财产。它原本是一座规模较小的建筑，约翰·特文宁发现原先的客栈根本容纳不下前来的朝圣者，于是在原址上重新修建了新假日客栈，也就是于1456年新建的这家客栈。一幅创作于1830年的关于威廉·昌西·巴特利特的有趣的老油画是唯一能够发现这家客栈相关信息的物品。画上显示了庭院的尽头就是我对其素描的正面。如今，这幅巴特利特画中客栈的木梁框架全都刷上了一层石灰泥，在很大程度上降低了客栈的典雅，还用石板取代了旧灰瓦片。尽管回廊处的旋梯有些改变（哦，但是为何要在厚实的木质栏杆外再加一层铁质栏杆呢？），人字形屋顶和房屋的高度还是一样。

客栈的横梁是用栗树和橡树木材制成，也属于原有结构。

在都铎王朝时期，客栈会请巡回演出的剧团的表演艺人在其庭院里为来往的旅客做晚间演出，这场地可真是再适合不过了。站在回廊上便可一览全景——小丑演员顺着旗杆爬，精力充沛地带动全场的气氛；成群结队的马夫和侍女围观取乐，宽敞的庭院里没一会就一片狼藉。

数年前，新假日客栈还是格洛斯特大教堂的财产，1855年当修道院被解散后，客栈就被移交给宗教事务委员会，这样

老客栈

格洛斯特的新假日客栈的庭院

才得以保存它的前身直到今日。

现在,就像牛津的金十字客栈一样,它没有前屋,穿过拱门便是被店铺夹在中间的庭院。然而,在客栈吧台处还保留着一幅老画,画上显示 300 年前,客栈是有前屋的,可画功却不咋的。整整两天的时间,我都待在格洛斯特图书馆查找有关新假日客栈的旧画,但我只找到一幅巴特利特画的复制品。

穿过吧台,直到庭院处是一间用橡树作镶板隔成的房间。房间颇具特色,值得参观一下。

在通往新假日客栈的小巷内悬挂着一个精雕细刻的三角匾牌,上面刻着"慰藉"——为来客,"祈福"——为旅者,区分明显。

于是此情此景下,新假日客栈小巷就被称为朝圣小巷。

在今天看来,新假日客栈里最大的缺点就是其大量华而不实的球状"艺术"陶罐收藏品,全部都堆放在庭院四周的回廊上,还有其收藏的众多竹质帽架。如今,一个原色的"艺术"陶罐可能在托特纳姆宫路站[1]会很畅销,但在格洛斯特的新假日客栈里,它们显然太多了。

长势良好的五叶爬山虎因为过于密集,其包围建筑外墙的速度也减缓了下来。在秋日的那一两周里,无论客栈的外观、颜色看上去是多么美丽,但在这盛夏时节,它精雕细刻的木工都被茂盛的爬山虎给掩盖——其实只要适当的修剪就可以凸显建筑的精良。我们由此想到英国的五叶爬山虎特别多,但像这客栈一样保留着中世纪风格的老宅子却数量有限。正是如此,我才选择在爬山虎并不茂盛的冬天作画。

从格洛斯特到马姆斯伯里只有28英里,但在马姆斯伯里我们发现了一个与格洛斯特的新假日客栈风格迥异的老宅。

位于马姆斯伯里的金阿姆斯客栈是一个典型的小镇客栈,这么说倒不是其独特的风景,而是它的入口拱门和庭院非常具有阶级代表性,这种代表性即在赶集的日子里,它的庭院就人流如织,但在平日,庭院安静得可以说沉闷无比。

---

1 托特纳姆宫路站是伦敦市中心的一条主要的街道,历史上曾经是一条集市大街。(译者注)

老客栈

客栈一角

第三章 魅力三客栈

有几年的光景里,金阿姆斯客栈曾经被一位非常出名的房东经营。这个房东总是身着旧时代小餐馆老板式的服饰:长筒袜、白色高顶帽、大长袍外套等。这样的打扮总让人想起布兰斯比·威廉姆斯[1]或乔治·贝尔彻,这两位艺术家看起来总像是19世纪早期的人物。

在马姆斯伯里的这家客栈里有一个开放式食品储藏室,当客人穿过门廊,头顶上就挂着风干的熏肉、火腿和家禽腌制品,就好像提醒着人们客栈里还有更美味的食物供其享用。

不管怎样,店家总是觉得挂出这各式各样的腌制杂货就是客栈殷勤好客的最佳广告了。

有了这么一排珍馐美馔挂在入口处,在客栈里寻得美味应该就不难了。可能这广告的创意就是让这些上好的腌制品香飘十里吧。

不管怎样,我们得启程上路,这一次我们要去诺顿圣菲利普村——这个耐听、古老的名字一直没有变更。根据帕特森的描述,村子距小城巴斯7公里,在沃敏斯特——索尔兹伯里往返的路上。

在诺顿圣菲利普村有一家乔治客栈,尽管处于半零不落、古旧颓败的状态,却仍不失为一块珍宝。

时光再次倒流至14世纪,也就是记载的营业许可证首次

---

[1] 布兰斯比·威廉姆斯(1870—1961年),英国喜剧演员。(译者注)

老客栈

老客栈

颁发给客栈的时候,那时,它既是酒馆也像格洛斯特的新假日客栈一样原属修道院。

乔治客栈是由辛顿卡尔特豪斯村的僧侣为在该区举办的亚麻制品集市上的商人提供住宿而修建的。几个世纪以来,它经历风雨,但仍保持原貌,如今看上去和1638年毫无二致。在当年的一张旧租赁契约中,它被描述成"古老而普通的乔治客栈",且当时的租金是"每年53个先令又4便士"。

时至今日,尽管它的租金远远高于每年53个先令又4便士,但曾经那个"古老而普通的客栈"未曾改变。同时,我们禁不住去想那些房东是否会珍惜这幢美丽而古朴的建筑。

如果他们愿意的话，只需一点点翻修、维护就可以避免它无法挽回的腐朽。

在塞奇平原之战时期，这家客栈也经历了一次重要的历史事件，至少是因为这个，客栈才为人们所熟知。事件自1685年发生起便代代相传。如今当你凝视这幢建筑，房东就会详尽、生动地向你讲述它背后的故事。他的描述是那么的绘声绘色，以至于你都认为他一定亲眼见证过这场事件。

房东告诉我们，在1685年的一天，蒙默思公爵站在乔治客栈顶楼的窗前被人从街上枪袭。幸运的是偷袭的人枪法并不准（对公爵而言也可以说是不幸吧，因为他于1685年7月15日被执行斩首。如果当时偷袭成功，他倒是可以死得痛快些），没有打中公爵。偷袭者随后被悬赏，不论死活。

刚正不阿、不畏权贵的政治家塞缪尔·佩皮斯描述这家客栈为"在我们到达巴斯前，只需花上10个先令就可以享用一顿美味的晚餐"。

这正是我待在诺顿圣菲利普村想要完成的一个心愿，但今天恐怕是不可能了，因为客栈大多数房间都空空如也，而且也只有饮料可以享用。

穿过哥特式的廊柱，就来到屋后被回廊环抱的庭院，明显这里是用来安顿马匹的，因为没有带轮的交通工具可以通过它那狭窄的入口。

在这个迷你型庭院的二楼沿着回廊布置的是佣人房间。看来自早期画客栈建造图时都是按照同一个模式：一个四边形的庭院，其一侧是面朝街道的主楼，沿着主楼往里寻，或是穿过一个拱门便进入客栈了。

因为路况的原因，早期的马车只能行驶在镇里铺砌着鹅卵石的道路上，不能进入客栈的庭院里，所以那时的拱门要比晚期的小得多。但大多数客栈建造的理念是源自原始人的围栅，即用灌木围成的具有保护性的环绕形状或一个围绕形的永久的建筑可以保护待在其中的人或家禽。

在乔治客栈，我们发现了"一间堆放在集市上售卖的亚麻织物的阁楼"，这是一间位于顶楼的超大房间。就像许多同类的老房子，在房间镶板后有一个隐秘的楼梯，往下可达现在的酒吧。

乔治客栈是少数几个没有真正被"发现"的客栈之一。从一开始对外经营，它就保留了原貌，基本上没怎么改变过。即使是19世纪早期的马车时代也没有明显地改变它。

尽管它是一座有着三层楼的大宅子，但今日它只是诺顿圣菲利普村的一个乡村客栈，对外收取一点点费用。参观者也只能看到其宽敞、空无一物的房间，当然还有石质旋梯。让人庆幸的是因为客栈的不为人知，所以它没有被翻修或被过多的装饰物破坏其风格。

客栈对面是一家小商店，商店的橱窗里放着一张皱巴巴的乔治客栈的明信片。我想知道是否有很多人来参观这家客栈，就问了问店家。哎，我还天真地幻想着这客栈不要被过多的人打扰，看来是我操多了心。

"很多人来这里参观？"语气里对我的无知充满了不屑，"为什么不是呢？夏季的这个星期里我已经卖出了6张这样的明信片。"想想后又说道，"我想到现在这世界上的每个人都应该看过这个有趣的老房子了吧。"

真是无礼的回答。我从小商店往回走，感觉我的好奇心和求知欲被严重打击。

第四章

老乔治客栈

好一个"YN"！多么纯正的血统！从泰特勒兄弟到阿莱西亚、德·莫林斯、克伦威尔，还有许多其他人，其中只有一个污点，那就是亨利·史密斯，客栈的这段历史延续到今日被印刻在"酒店"一词上。

老客栈

老乔治客栈

第四章 老乔治客栈

尽管不得不承认汽车联盟、汽车协会之类的组织发挥了它们的作用,帮助了很多驾车者,但一想到这类组织在老房子外粘贴宣传广告就很让人气恼。

在埃平,我就花了好一会儿才找到我要找的客栈。客栈外完全被字母所遮盖,如 M.U.、R.A.C.、C.T.C.、A.A.、X.Y.Z.、G.P.O.、A.C.U. 和一些其他的字母组合,而且只有抹掉一些这种字母,我才可以找到客栈的入口。

索尔兹伯里小城内就几乎布满了字母标记,此外城内还有一座天主教堂,该城一度是英国最重要的城市。在城内的商业街上有一家客栈,如今叫做老乔治客栈,它可有800年的历史了。客栈正面的下半部分有所改变,但上半部分仍保持原貌。

客栈正面可见很多粘贴的字母。它的历史就是围绕着泰特勒兄弟展开。事实上,整个泰特勒家族拥有这家客栈的时间是从1320年至约1378年,也就是在这一年弟弟威廉·泰特勒(这名字可真顺口!)把客栈交给了他的妻子"阿莱西亚"。(为什么我们现在不能称自己的妻子为阿莱西亚呢?)

1410年,阿莱西亚把客栈交给了她的第二任丈夫,乔治·梅洛打理。按照自己的意愿,他把客栈改名为"乔治YN",坐落在"Strestret迷你小镇",由遗嘱执行人出售该客栈,收益均分以"慰藉他和他的妻子阿莱西亚以及所有逝去的人们的灵魂"。

1414年,"YN"客栈归属于亨利四世名下的财团。1444年,

老客栈

客栈被租赁给一个叫做亨利·史密斯的人。于是这家客栈就这样从阿莱西亚·泰特勒的名下消失。

勋爵德·莫林斯,索尔兹伯里的一个"普通公民"因某些原因(未作记载)起义反抗贵族亨利·史密斯。1449年,索尔兹伯里的教堂唱诗班领唱人和沃尔特·贝耳爵士从史密

索尔兹伯里小城的乔治客栈(来自一幅老油画)

斯的"YN"客栈中将莫林斯救出。

如此简短——真是太简短了,我想这恐怕就是乔治客栈的早期历史了。

在市档案馆的资料中,我们还发现了另一件趣事,就是客栈后来安装的位于廊柱上的飘窗,花费了20个先令的高价。

在1473年的一张老租赁合同上写明了乔治客栈的主要房间,具体如下:

1. 校长室

2. 伯爵室

3. 牛津室

4. 阿宾顿或中间室

5. 乡绅室

6. 银行家室

7. 加勒特室

8. 乔治室

9. 克拉伦登室

10. 昂德斯滕特室

11. 菲茨沃伦室

12. 伦敦室

此外还有酒馆、酒窖、配膳室、厨房、陈列室、马夫的房间和仓库上的会客室。

老客栈

1624年，当地规定禁止巡回演出的演员在索尔兹伯里的任何一家客栈做表演，但乔治客栈除外。

索尔兹伯里小城的乔治客栈（来自一幅1858年的老油画）

第四章 老乔治客栈

1645年10月17日,奥利弗·克伦威尔[1]在房间睡觉,而无处不在的塞缪尔·佩皮斯[2](将来有一天可能某位游客会发现一个未被佩皮斯写进日记的客栈)则描述了房间的真丝床单和美食("于是就寝了"在此情此景下是值得记上一笔的),而下一段就是惯例的开始抱怨房费太高,他都要疯了。

看来在1769年,这家客栈是一幢私宅是毫无疑问的了,但往后的日子它又变成了"YN"客栈。

好一个"YN"!多么纯正的血统!从泰特勒兄弟到阿莱西亚、德·莫林斯、克伦威尔,还有许多其他人,其中只有一个污点,那就是亨利·史密斯,客栈的这段历史延续到今日被印刻在"酒店"一词上。

有许多不同时期的老油画都是描绘这家客栈的,酒店管理生对此很感兴趣。

今日可以看到客栈里做工精巧的木造骨架上层建筑,参照那堆老油画,即1834年、1858年的油画或一幅1820年的有关商业街的油画,却未发现这个建筑。

在索尔兹伯里的免费图书馆和博物馆里,还收藏有一幅早至18世纪的油画,画里也有描绘这家客栈,其飘窗上方只是简单地粉刷了一下。这么做的原因是,数年前,也就是现在的

---

[1] 奥利弗·克伦威尔(1599—1658年),英吉利共和国护国主,英国政治家、军事家、宗教领袖。(译者注)

[2] 塞缪尔·佩皮斯(1633—1703年),17世纪英国作家和政治家。(译者注)

老客栈

女房东在修缮房屋的正面时，发现石膏层下面是上好的木材，于是便保留了都铎式木工手艺的原貌。这真是再明智不过的举措了。

可惜她没能恢复最初的入口门廊，这在1830年和1858年的油画中可见。但我能肯定她会原谅我把这门廊画进我的速写里，也不会在意客栈正面被涂写的字母组合吧。

现在，这客栈自廊柱以上的部分几乎和都铎时期一模一样，而且有这些油画，还有廊柱的木造骨架也保存完好，所以重新修建客栈入口应该不是件难事吧。如果真的大功告成，无疑这将是英国都铎王朝时期保存最好的客栈了。只是现在它的外部底层有些被破坏，但不难想象它原先高高耸立的样子。

多年前你曾到过的新假日客栈，或乔治客栈，或任何一家客栈的庭院可能现在都已凋敝——但你仍然可以听到索尔兹伯里的古稀老人回忆自马车时代起这家客栈的光辉历史。

在乔治客栈的庭院里，我们发现了一座小型的用砖和灰浆砌合而成的花园，不远处可见一个古旧的宴会厅，这原本也是客栈的一部分，现在成了拍卖商堆放木材的房间。

那应该是一些热衷于收藏的资本家想保留着老宅子的原貌，

第四章 老乔治客栈

像宴会厅、带回廊的庭院或高大、宽敞的客栈入口,然后再重修老客栈使全世界的人都蜂拥而至前去参观。这样即使客栈不是原汁原味,却也是最佳复制品了。

往后我们要参观的一座老宅,实际上已经是投资者的最佳收益了。

乔治客栈后面的大部分都还比较现代,至少在其尽头有一道做工精良的楼梯。

索尔兹伯里的乔治客栈:门廊房间

老客栈

索尔兹伯里的乔治客栈：门廊房间内的横梁

第四章 老乔治客栈

这个又叫"YN"的客栈最突出的特色就是门廊上方装有飘窗的房间、一些位于顶层的卧室,以及如今叫做顶楼休息室的房间。

休息室里有一些饶有趣味的木质雕刻。以上所提到的这些房间的墙壁和屋顶都是手艺精良的木工活。事实上,整个框架结构就摆在那儿,一览无余。资本家只需复原这老宅子里的家具即可。

我的速写画里有左边两端的门廊房间,但画中的女房东不是现在这位。我在此说明这一点只是为了避免陷入毁坏名誉的纠纷中。

第五章

随性的旅程

所以我们即将开始我们的漫游,不知前行的方向亦不知要停留多久——这才是享受假日的正确方式——没有既定的计划,只有遐想和老客栈吸引着我们前行。

一开始我的朋友们把这次出发看做是毫无头绪的寻找客栈之旅。在我的另一位朋友帕特森的帮助下，线路、计划和地点的设定都清清楚楚、井井有条。于是旅程一度变成了一次严肃的朝圣之行，我们按照顺序去朝拜老宅子。

然而我们无比重视、精心制作的行程在出发没多久就有了改变。有时是在这些客栈里待的时间太长或太短，有时是《帕特森之路》里没有提到的地方也值得我们去参观一番。尽管我是非常愿意按照这本书的指示前行，但实际上却不可能。而且，毫无目的的漫游比安排合理、组织高效的假期要吸引人得多。这是一次绝佳时期的糟糕旅行，总使我想起父母的家庭相册里记录的一次在阴雨天时的马盖特之行。相片里的家庭成员浑身湿漉漉的争吵——"我带你们出来度假，你们却吵得挺欢。"

所以我们即将开始我们的漫游，不知前行的方向亦不知要停留多久——这才是享受假日的正确方式——没有既定的计划，只有遐想和老客栈吸引着我们前行。

我总在想这些老宅子的庭院该是多么宏阔的舞台。时不时的，人们可见舞台上滑稽的模仿表演——有时甚至是无耻的诋毁——但表演效果还是感染到了客栈的各个角落。我相信这幕后编剧的才能是相当了得的。当然老客栈的舞台布置还是逃不出那一套老模式，但也同原本的庭院大为不同了。

在新假日客栈的庭院或在乔治客栈的带横梁的房间演出的演员得搭多大的一个景啊！

第五章 随性的旅程

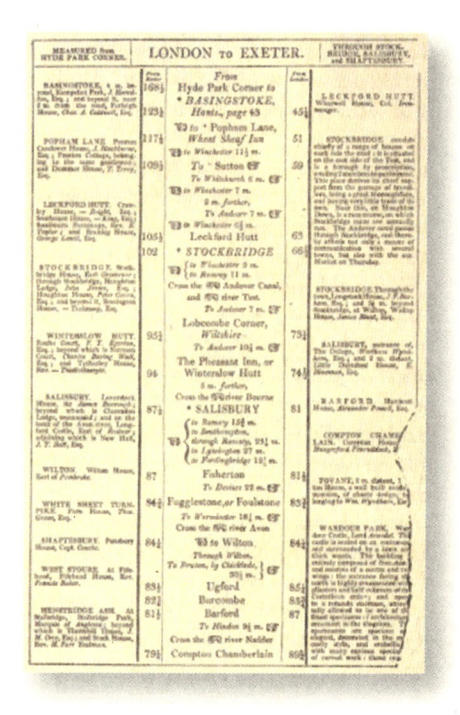

《帕特森之路》中的一页

有时我真希望能够为那些不知帕特森的人重新创作他的整部作品,但随后一想我应该会被控告剽窃,而且我也担心帕特森并未写出关于老客栈的全部故事。

我必须引用他书中的一些内容。书中关于客栈位置的描述简单明了——马路到何处有分岔口、道路两旁的"高贵的建筑"

一字排开，这对如今的旅行指南的创作者真是优秀的示范。我不可能在这本薄薄的书里对他700页的著作进行再创作，我只能给出一个摘要，这样人们立即就能够明白它的梗概。但如果你想要知道得更具体些比如经过哪些收费站、1831年路边的居民都是谁的话，你必须拿到帕特森的书的副本。

帕特森的幽默感很足，就像你阅读那份知名的带插画的日报。我的一位艺术家朋友曾经接受一家报纸采访时说，在他看来，这是全英国最好的滑稽画报。

言归正传，帕特森那不同寻常、幽默有趣的描述确实一扫我们阅读旅行指南的枯燥无味。

就拿伊斯灵顿来说吧，他在书中写道："尽管这个村庄一度被描述成是一个'舒适的乡镇'，现在却在名义上从伦敦分离出来。但它不断新建的建筑还是很努力地将它同那个大都市团结在一起。坐落在一片富含碎石的肥沃的土壤上，村内的居民主要是退休的公民和雄心勃勃的商人。清新的空气也吸引着人们争相定居在伊斯灵顿。"

这应该还是在约翰·吉尔平[1]非常出名的时期。

然后是威特尼——"当地的建筑艺术令人敬仰"。

威特尼人看到黑字白纸上的评价一定很高兴，这说明他们对家乡的付出得到认可，同时这份认可也被帕特森适时地载入

---

[1] 约翰·吉尔平是英国诗人威廉·柯珀1782年创作的喜剧民谣《约翰·吉尔平》的主人公。（译者注）

史册。

根据帕特森的描述，塔珀利只是一个"基本算干净的小镇"。

阿平厄姆则是一个非常体面的城市，因为它有"众多优秀的住宅建筑"等等。

阅读帕特森的书，人们永远不会感到片刻的沉闷。可是，我们现在还是在乔治"YN"客栈这里，准备前往伍尔汉普顿的一个位于纽伯里和雷丁之间的小客栈，这可要行驶好长的路程才可到达。

在纽伯里有两家客栈值得参观一番。一家是鹈鹕客栈，在马车时代闻名世界，它离另一家金阿姆斯客栈，一家曾经非常出名的、位于伦敦路—雷丁之间的驿舍有一百码远。

有一首著名的双韵体诗这样描述鹈鹕客栈：

斯宾汉姆兰的鹈鹕客栈，

坐落在一座小山上，

你知道鹈鹕客栈

是因为它的价格不菲。

鹈鹕客栈又叫乔治和鹈鹕客栈，是两个宅子，面对面位于道路两旁，同属于一位叫博瑟姆夫人的女房东。

在那段旅途的日子里，一位受人欢迎的女房东的知名程度不亚于今天的著名演员。

当时全世界都知道博瑟姆夫人和她的宅子,当然啦,这里说的全世界可是那些经过巴斯公路的人了。

尽管客栈老板知名如奥斯卡·阿什[1],可客栈并不是像阿多尼斯[2]一般优雅迷人的建筑。但从其往日的历史,我们还是能够体会到当时令人印象深刻的舒适度,房费当然不菲。这就是鹈鹕客栈。

对面的乔治客栈就是典型的早期乔治王统治时期艺术风格的建筑。

我之所以提到乔治和鹈鹕客栈,是因为它曾经在客栈简史里的重要地位。虽然算不上是高雅的建筑,却是关于客栈故事中的一个必不可少的环节,所以这里要把它写进这本书中。

位于纽伯里的金阿姆斯客栈现在叫做道尔客栈。在建筑艺术风格上,它可比鹈鹕客栈有趣得多,这一点毋庸置疑。虽然金阿姆斯客栈规模不大,但它的很多建筑特点和位于马尔波罗的城堡客栈非常相似,后者现在成为马尔波罗学院的一部分。

一幢安妮皇后时期的建筑就是后来金阿姆斯客栈的前身,

---

1 奥斯卡·阿什(1871—1936年),澳大利亚著名演员、导演、剧作家。他出品过多部莎士比亚剧作和其他反响热烈的音乐剧。(译者注)

2 阿多尼斯:植物神,王室美男子,身高190cm以上,如花一般俊美精致的五官,令世间所有人与物,在他面前都为之失色,维纳斯都倾心不已,他是一个每年死而复生,永远年轻容颜不老的植物神,是一个受女性崇拜的神。在现代,阿多尼斯这个词常被用来描写一个异常美丽、有吸引力的年轻男子。阿多尼斯是西方"美男子"的最早出处。(译者注)

第五章　随性的旅程

老客栈

老客栈

如今它成了存放古董家具的储藏室,这无疑是对其最好的安排了。但人们还是可以想象往来的驿递马车和停放其内的双轮马车的喧嚣滚滚。就像马尔波罗其他的房屋建造风格一样,这家客栈也向路里面退了一些,这样马车停进客栈的时候就不会堵住通往巴斯和西部的大道了。

靠近雷丁数英里远的是位于伍尔汉普顿的天使客栈,一个麻雀虽小但五脏俱全的地方。路边有一块奇怪的指示牌指向它。路牌上的图案看上去像是神情低落的酒神巴克斯坐在酒桶

沃尔瑟姆圣劳伦斯的贝尔客栈

上，但路牌被风雨侵蚀得非常厉害，这也很可能是一个天使伪装成巴克斯。靠近雷丁，我们发现还有赫尔利的贝尔客栈和沃尔瑟姆圣劳伦斯的贝尔客栈（同名）也值得参观。

在离伦敦非常近的科恩布鲁克有一个鸵鸟客栈——被称作是"最古老的客栈"。

科恩布鲁克实际上是一条狭长的街道，总长度为 10 英里。现在我们有大把的时间可以参观鸵鸟客栈：其内部基本上都是

赫尔利的贝尔客栈

老客栈

老客栈

木造骨架，我想外部应该很少这种结构。看到客栈的外表没有被精心地保护起来真是让人感到可惜，因为它在历史上的地位还是很重要的。但帕特森只提到了两家客栈在科恩布鲁克可以乘坐驿马，分别是乔治客栈和白鹿客栈。他压根儿就没提到鸵鸟客栈。

第五章 随性的旅程

确实是啊!从最开始命名为安护客栈,到最后如今沦落为这样的名字,难怪这家客栈不复往日的光彩。

比起塔珀利,帕特森笔下的科恩布鲁克应该也是一个"基本算干净的小镇"。今天看来,他这样写是值得称赞的。1小时10英里,在这狭窄的街道上每行驶一码,你都会把地上的泥浆溅到路边的行人身上,而且你就像在墙壁和窗户之间夹道而行。

科恩布鲁克的鸵鸟客栈

除了被称为"最古老的房子"外，鸵鸟客栈还有一个令人感到恐怖之处。

从前有一位房东，当然不是现在这位，有一个温馨的小卧室，现在仍可见，叫做蓝色房间。来自伦敦、巴斯和雷丁的有钱的商人都想要在这个房间住上一晚，但是通常房间会安排给最有钱的那位。

现在在蓝色房间的地板上仍可见一扇活门通往酿酒厂那沸腾的大缸，活门上方是蓝色房间的床架。有时这些富商就会通过这扇活门进进出出，房东也不会告诉他们要注意些什么。

就是这样，约60个人突然消失，变成了啤酒。于是房东和他的妻子逐渐变得富有，然后幸福快乐地生活着。

这当然同事实有所出入，因为如果是这样的话，夫妻俩就会被捕、被绞死、被四分五裂。但如果当有人以"从前"开始讲述一个故事，即使是真实的（"雷丁的一个名叫托马斯·科尔先生的衣商"保证这故事绝对真实。但据记载，这个人是生活在14世纪的酿酒商），你也大可抱着一种轻松的心态听听罢了。

然而，鸵鸟客栈的蓝色房间还在待客，只需少量的花费便可住上一晚，这种花钱买来的胆战心惊的感觉远比到大木偶剧场去看恐怖剧要划算得多。

酿酒厂的沸腾的大缸已经被移走，但如果你还有些想象力的话，入夜就会看见这60个离奇的受害者【当然是在读了酒

第五章 随性的旅程

店免费提供的《老鸵鸟手册》（手册就在菜单前面）后】。

沿着右手边走约 10 英里后，你会经过星辰客栈。那是一排老建筑中的一幢，你自然会被它吸引而停下脚步。我之所以叫它们客栈，是因为看起来就应该是客栈。实际上当地人把它们叫做约翰国王的宫殿，我认为它们不应该被写进这本书中——事实上，我确信如此，因为这是一本关于客栈的书，而非宫殿的。但不知为何，它们给人一种客栈的感觉。

如果我是马车时代的客栈老板，我会为客栈配备旁屋和马厩及一切应有的设施。我了解它们的历史，但会迫使自己去忘却，因为这和客栈本身无关，只是向人炫耀而已。"他们看起来挺是那么回事"而别无其他。此外，这是我们抵达伦敦前所画的最后一张关于客栈的速写。

科恩布鲁克的约翰国王的宫殿

第六章

里普利骑行

银行假日的里普利路上,这样的摩托车手和同伴女孩不在少数。在我看来,他们真的很开心。这样的男孩女孩,和在相同的假日去埃平或梅登黑德路的人群真是完全不同。

老客栈

里普利的乔治客栈

哦,老朋友,你真是开心啊!骑着摩托车,载着世界上最美丽的姑娘。

在银行假日[1]里,行驶在里普利路上数千里。路上车流不息,安克尔客栈多年未变,看起来还是像在自行车时代。

从老乔治客栈的飘窗往外看假日里来来往往的游客真是比任何剧幕或影片都要有趣。因为当我们还是孩子的时候,这

---

1 银行假日,指英国法定假日。

第六章　里普利骑行

一切是如此地真切。

我们争先恐后地冲到街上，拼尽全力赶超别人，生怕落后给别的孩子。

银行假日的里普利路上，这样的摩托车手和同伴女孩不在少数。在我看来，他们真的很开心。这样的男孩女孩，和在相同的假日去埃平或梅登黑德路的人群真是完全不同。

昔日的酒吧的啤酒销售量还不是很大，人们还是挺注意有节制的享乐。

而且在里普利路上听不到歌声，满大街都低沉的欢声笑语。女孩露出脚踝、双脚在窗台上晃荡，心想自己的脚踝定是最美的。男孩则相信自己的车技可以打败所有人，所以他得炫出最好的技术。

我研究过埃平的人流，还有梅登黑德路星期天的花花公子。首先，街上的方凳变多，说明人流量增加。在巴斯路上，劳斯莱斯和轻巧的双座汽车也开上了街。但在里普利路上，摩托还是主流，就像数年前自行车在这条街上还是多数一样。

在梅登黑德的路上，我们还想着要好好吃顿午餐，但在里普利，喝茶就算是一顿丰盛的午饭了。

一份野餐——酒店老板就是这么叫马粮袋午餐的——是多数旅行者都会带上的，午茶可是他们偶然才发现的东西，于是午茶成为了里普利的一大特色。

那得是什么样的午茶啊！煎蛋、火腿、外加大份蛋糕——

随意点，菜单上应有尽有。这里的姑娘坐在窗台上，双脚晃荡累了，便下楼小憩一会儿。会会友、叙叙旧，实际上她们可都是"偶遇"，也实在找不到其他合适的词了。在古老的安克尔客栈或老乔治客栈（现在没有人能够认得出这家客栈，因为它已经改名了）或其他客栈，他们都会在回家前享受一份午茶宴。

如果现在在巴斯路上我们去享用一份午茶，还得点个小份的，因为我们已经在里维埃拉客栈和斯坎得客栈吃过午餐了。但我们还是在里普利路坐下好好地享受了一份丰盛的午茶宴。我们的女伴们在喝午茶而不是吃午餐时纵情欢笑、摆弄衣裙——这可惹得周围人投以嫉妒和羡慕的眼光。哦，我有提到衣裙吗？如果有的话，这显然不是正确的措辞——应该是装束才对，里普利路上才没有衣裙。他们大多数人都身着废旧的战服——就像陆军女孩或整装待发的马夫，但衣服都会短那么几英寸，以符合现在的审美潮流，我想战争时期应该不允许这样吧。

不管怎样，他们的装束总是与摩托车的协调程度极佳。还有那些漂亮的脚踝，穿插在假日里公路上的摩托车队中简直要把精心挑选的舞台合唱团都要比下去。

里普利路上的时尚真是自成一体，它们既不是梅登黑德路式的也不是埃平公路范。它们是独一无二的，越来越多的人穿上整洁大方的剪裁服装。这里的女士不穿连衣裙，衣服上自然也没有褶边和裙饰，但骑上摩托时会穿上丝袜和休闲鞋。里普利路上可没有男孩会在节假日里载着不穿丝袜的女孩上路，他

第六章 里普利骑行

们可都是一群有自尊心的人，肯定得让全世界看到身后的那双晃来晃去的穿着丝袜的脚。

在里普利，一路都有卖午茶的，同时，这也是个摩托车的世界。对于一个外地人的你来说，当地客栈老板会对你指指点点——这个摩托骑手，就像在旧日消遣兜风的日子，老板迪布尔会在店内（还拥有着安克尔客栈）对带队的摩托车手评头论足。

从清晨 6 点起，在讨论了机器性能和油量是否充足后，大

翁约尔什的格兰特利阿姆斯客栈

队伍就出发了。旁边围观的带着羡慕眼光的人群看着这群骑手踏上坐板后就像赛马的骑师——坐骑开始向伦敦出发。就像一支支离弦的箭,发动机一旦发动,那轮胎便停不下来。直到大约10点,质量不过关的摩托开始缓缓前行。老式的摩托发出铿然之声,没出一会儿,逼得骑手就得原路返回。有的动力不足还得被其他的摩托或汽车拖到最近的修车厂。

最后就是步行小分队了,骑手们把变形的车轮归结于拥堵的交通和各种原因,但至少也完成了一个里程碑式的阶段——里普利路上的银行假日。

里普利的参观必须也得包括翁约尔什的格兰特利阿姆斯客栈,它靠近吉尔福德,也被修缮过,但却是令人满意的修缮,的确是一家不容错过的客栈。

第七章

王首客栈

客栈对面是墓地，客栈里宽敞的房间装有镶着钻石的隔窗和厚重巨大的横梁。尽管在奇格韦尔有一家客栈叫五月柱，但其木梁框架却少得可怜。

老客栈

　　狄更斯的著作《巴纳比·拉奇》中的五月柱客栈人人皆知，在一定程度上，这得归功于卡特莫尔的插画。客栈是传统的都铎王朝式木造骨架结构，还有一个很大的门廊。书中就是这样描写的，但是对于狄更斯的崇拜者而言，查尔斯·狄更斯的五月柱客栈是位于伦敦城10英里开外的奇格韦尔的王首客栈。

　　"客栈对面是墓地，客栈里宽敞的房间装有镶着钻石的隔窗和厚重巨大的横梁。"尽管在奇格韦尔有一家客栈叫五月柱，但其木梁框架却少得可怜。这家王首客栈才应该是狄更斯在写《巴纳比·拉奇》时脑海中的原型。

奇格韦尔的王首客栈（五月柱）

第七章 王首客栈

客栈一角

老客栈

奇格韦尔的王首客栈

　　卡特莫尔画的五月柱客栈多少有点奇格韦尔的王首客栈的模子,但我宁愿相信他的画作灵感更多的是源于自己的创作而非某栋具体的建筑。同时,毫无疑问的是王首客栈就是狄更斯著作中的原型。

　　即使如此,让我们把狄更斯写作的因素排除在外,王首客栈仍然是一家非常精美的老宅子,值得被写进任何一本关于老建筑的书中。

第七章 王首客栈

虽然它也有改动,但这个"切斯特"房间——不,叫虽这样叫,但原意其实是奥彭的主厨——这个房间里的窗子特别漂亮,值得一览。

从埃平出来几公里后,便可见科克客栈。乍一看,它不是特别引人注目,但里面相当舒适,总会使人想起客栈应有的温馨。客栈的领班有着伯爵的私人管家般的气派举止,真是一堂生动的老式管家的体验课,不容错过啊。

第八章

老客栈遐想

在火车时代到来之前,坐落在通往利物浦和伦敦的必经之路上的这家客栈必定曾经川流不息。以前赫赫有名的利物浦裁判马车队也曾在此做过停留、更换驿马。

老客栈

第一次见到艾汶河畔的斯特拉福德令人印象最深刻的就是它的新。不知为何，它古老的建筑是如此干净、光亮。对于夏日里的参观者，比如说我，这座小镇总让人感到些许失望。

一切都打扫得干干净净、装饰一新，使人很难去感受老建筑的沧桑。整座小镇像是一个舞台搭建而成的景。

当然了，这只是我的感觉而已，别的游客可不一定这样想。一些"新的"老建筑看起来可比"老的"老建筑和真正的艺术

艾汶河畔斯特拉福德的莎士比亚酒店：五个人字形屋顶

品要历史悠久得多。但我可是真怕看见这现代莎士比亚纪念剧院所谓的美丽，抑或肯辛顿花园里的阿尔伯特纪念碑。

桑德巴奇的大熊客栈

客栈有很多种,当然我们也可以把它们称作"酒店"。并且毫无疑问老朋友帕特森可以区分艾汶河畔斯特拉福德的客栈,就像他描述沃里克郡的绍瑟姆一样。

莎士比亚酒店的五个人字形屋顶非常有趣,它们几乎和斯塔普勒客栈的那五个人字形屋顶一模一样。这也是莎士比亚酒店值得一提之处。

然而,酒店却并不怎么舒适,尽管其内部是年代感与现代化相结合。

在柴郡的桑德巴奇,有一家奇怪的小客栈叫做大熊客栈。艾汶河畔斯特拉福德的客栈确实挺干净,可这家客栈的外部却是另一个极端。但它那独特的造型,矗立在鹅卵石铺砌的大广场的一侧,使其既有趣又勾起了人们的好奇心。

人们不禁想,当桑德巴奇还是一个小村庄时,大熊客栈的规模是否应该比小村庄客栈要大得多呢?因为桑德巴奇现在已经发展为一个小镇了,但它还只是一个小旅馆。

而且因为它规模小,不具备很多客栈应有的特色,所以你也不必对它抱有很大的幻想。

从这儿往布里尔顿(距离伦敦 163 英里)去拜访一下帕特森,只要两英里。在大熊首领客栈稍作休息,以便更好地继续我们北行的旅程。

和其他马车驿站相比,这家客栈并不是非常大,但它却是一个始建于 1615 年具有不同风格的典雅的建筑,其后期配备有马厩和马车房。整幢建筑坐落在主干道的一侧。毫无疑问在马车时代，它生意兴隆，而且实际上，其马厩比客栈本身还要大得多。显然，它是为赶路的旅人稍作休息而建，莫格先生也曾推荐这家客栈可以提供驿马。

在火车时代到来之前，坐落在通往利物浦和伦敦的必经之路上的这家客栈必定曾经川流不息。以前赫赫有名的利物浦裁判马车队也曾在此做过停留、更换驿马。我们都可以想象得出来当马车刚驶过路口转弯处时，路边站岗的骑兵就警告马夫不要大声喧哗，但其实马车还离得很远，根本就未进入视野。真是同今日对待摩托车刺耳的鸣笛大不一样。

布里尔顿的大熊首领客栈

老客栈

布里尔顿的大熊首领客栈

从来没有"三个盲马夫和一匹脱缰的马"停靠在大熊首领客栈前,但前往的人也是各式各样的。用马夫的行话说就是尽管布里尔顿还行,但从来没在这里见过好马。

这里可真是人来人往、人流如织!想要在这里放松三四分钟,歇歇脚的旅客还得被催着快点。马夫刚刚解开绳索和马套,女房东就端着白兰地和水送到了他面前。

然而,他的目光却始终未离开新来的、从未见过的客人。

"这杯酒给车夫吉姆"(所有的马夫都被称为吉姆),"那匹马需要刷刷毛","明天给这匹马的后掌安上约克郡马掌",诸如此类的话语,直到一声"先生们,时间到了,要走了",于是人群开始骚动。

"让他们走吧",于是利物浦裁判马车队继续缓缓地开始了他们通往伦敦的旅程。

年轻的一代可能会说这是一场缓慢的旅程,但你身体里流淌的热血会牵引着你前进,而不是油腻腻的机器,那是看上一眼都令人感到窒息。

取代摩托车鸣笛的是骑兵即兴的号角演奏。一路上我们有大把的时间从马车顶上这绝佳的视野去欣赏风景,还有沿途行人妙趣横生的对话。

没有在大熊首领客栈久做逗留,我们出发跟着这车队驶向伦敦。

我回忆起了以往在客栈的情景。

一个冬日,我到达客栈时大约是下午 4:30,当时并未打算留宿,而是准备返回到克鲁小镇,然后第二天再出发。迷人的老建筑在渐渐浓重的黄昏余晖中使我逗留的时间比预想的要久得多,并迫使我询问正在旁侧的院子里喂食小鸡的女房东,她是否还有卧室、还会有人来光临这家客栈吗?因为这儿看起来一点都不"繁忙"。她说有一个医生和牧师总来这儿度假,如果我愿意的话,她会马上准备好一个房间给我住。一家在克鲁小镇铁轨旁的客栈并不是很吸引人,但一位医生习惯住这儿应该是因为这里干净卫生,而牧师很可能则是因为这儿显得较正经体面。

作为唯一的一位客人——虽然我本意只是停留一晚,但却住了三天——我沉浸在这温暖的炉火中（这个时期很难买到煤），喝着用精美的容器盛着的热水、暖着身体的各个部位，品尝着女房东的佳肴美味、好吃到就好像她唯一的爱好就是烹饪。一切都是这么安详宁静，好像没有什么食材在这里是买不到的。

比起夏日旺季里来来往往的游客中的一员，能够成为冬日里唯一一位被款待的客人是一件多么美好的事啊。一个专属于自己的房间号：先生住4号房，女士住克伦威尔房间。就个人而言，我从未在夏日里走进过任何一家客栈。因为在我的脑海里，客栈的实质应该是舒适和温暖。晚餐后拿起一本书阅读，双脚靠近燃着的炉火——这才是你感到客栈舒适温暖的时候。然后，还会在酒吧间待上个10分钟听听当地名流的夸夸其谈，再躺在散发着淡淡薰衣草香的床上入睡。

我希望某日这些鼓吹小规模耕地的政治家们能够和我一样来次冬日客栈漫游。

酒吧间突然谈论起狩猎狐狸。

"今天看到猎犬了吗？比尔，它们没跟着你吗？"

"是的，它们挺好。穿过草地——狐狸、猎犬都在那儿。"

然后是一段关于狩猎的描述，还有一个一直待在角落里的狩猎老手抽着烟加入了对话——"我还记得当时"等等。

在北爱尔兰的莱斯特郡或其他郡县的各个角落，我经常能够在这种乡村客栈里听到这些"乡下人"谈论这些事，但从来

第八章　老客栈遐想

没有听到过一个反对的字眼，确实，这现在可是贵族们热衷的体育项目，从某种程度上说，以后的贵族也热衷于此。

在可以狩猎的乡村里，10个客栈有9个都可以在冬日的夜里听到关于狩猎狐狸之类的酒吧闲聊。

乡村客栈

老客栈

在我家客厅里，挂有一幅我画的乔治亚湾速写，另外创作于1820年的利物浦裁判马车队的油画也悬挂其中，因年代久远，画作有些褪色。有一点点伤感，因为这房间里许多陪伴着它的老朋友——那些旧家具都搬走了。即便如此，这幅画仍挂在这里，就像一个老人，身边的朋友渐渐离世，只留下他追忆着过去。

根据帕特森的描述，伍斯特郡的查得斯里科贝特距离伦敦有一百二十一又四分之一英里、离什鲁斯伯里有四十又四分之三英里，就是在那里，我发现了塔伯特客栈。这家建于16世纪的客栈有许多不寻常之处，比如说在它的两端建有两个奇怪的门廊。

就像许多老建筑一样，客栈原来的结构已经有所更改，比如右手边的门廊和建筑已经改为一个独立的小屋。但人们还是一眼就可以看出这个小屋是由客栈的一部分改造而成。

这两个门廊非常独特。在我的客栈之旅中，我从未见过相似之物。但左边的门廊肯定被大规模地修复过，因为好多地方看起来都挺具有现代风格，原本的灰泥和木造骨架已看不出影子。

在夏季的傍晚，舒舒服服地坐在门廊处等待邮件或马车的来临是一件多么惬意的事情啊。现在的我们坐在里面休息、等着汽车。

在这里，就像佩皮斯说的"只需花上10先令就可以享用一顿美味的晚餐",顺便提一句,这里所说的10先令包括房费、早餐、早茶和停车费。这对以前来说应该是挺贵的消费,在现在,给上一份丰厚的小费则会令自己愉悦,至少也会让自己问心无愧。

我实在不能理解为什么我们总要待在自己的房子里,当有人为我们操持家务琐事,更不用提那些不可避免的用人问题,还有客栈料理我们比我们自己料理自己要划算得多时。

"住宿"一词的魅力就在于它的不确定性,冬日、晚秋和早春住宿的不确定性。在夏季则不同——一切都已备好,你知道无论去哪都会有可口的饭菜。客人肯定会很多,你得排队等上一会儿,因为你不是客栈唯一的客人而是纷纷人流中的一个。

除了客栈之外,查得斯里科贝特的村庄也是令人心醉。村庄内有一条护城河,你可以欣赏被河围着的田庄。顺便说一句,你还可以发现很多以前供神父的秘密藏身之处,这还是挺让人兴奋的。

为什么许多老客栈都有通往卧室的地下旋梯?这旋梯有18英寸深,但却通常只露出6或8英寸出来。这种设计肯定是想看看客人有没有偷偷去品尝红酒或金啤,这应该就是唯一的原因了。

这里我得警告一下,在塔尔博特客栈和莱伊小镇的美人鱼客栈都有一个很深的旋梯。摩托骑手和高尔夫球手尤其要注意了。

老客栈

但那些醉醺醺的老家伙是如何通过旋梯然后"心满意足"地爬上床的总让我感到费解。

从查得斯里科贝特出发只需 8 英里的行程就把我们带往昂伯斯利,这里有一座漂亮的都铎式客栈——金阿姆斯客栈。客栈旁有一家小商店,商店的橱窗布置很雅致,看上去就和客栈一样历史悠久。橱窗里肯定曾经满是琳琅满目的小玩意儿,要是拍张照,这色彩肯定很明艳。

我对着它们画了一整天的素描,可就是无法想象橱窗里具体的摆件和颜色,是橘子、红法兰绒或是蓝色的包糖纸?毫无疑问的是店家的生意肯定很好。我们脱帽对老板表示敬意,因为他给我们提供了如此丰富多彩的颜色,我都怕我不能再现这般纷繁。

昂伯斯利的王首客栈

第八章　老客栈遐想

昂伯斯利的王首客栈

将来有一天我想写一本关于乡村小店的书——就是像那种人们数年前可以买到舒适的羊毛拖鞋的小店。拖鞋是小方格子图案，有红白、黑白或蓝白相间——好看到可以直接引起我妻子对我的憎恶和我的男性朋友对我的嫉妒。我想它的专业名称应该叫平跟软底拖鞋。

只有一家小店曾出售这种拖鞋，那是同这家相类似的在昂伯斯利村的店。昂伯斯利位于布伦特福德镇，那里有驳船进出。我确信，来往布伦特福德的船长和我是这种拖鞋的主要购买者。这家店早已关门，如果我还能找到另一家相似的店的话，我会买下所有的库存，但恐怕这种平跟软底拖鞋的制作都已成为失传的技艺了。

没关系，客栈还在，穿着这种拖鞋走在客栈里舒适极了。

像查得斯里、昂伯斯利，除了它们的都铎式客栈，其本身就值得参观一番——宽敞的街道两旁是一排排错落有致的有趣的建筑。

驶出昂伯斯利村大概 0.25 英里就有一家名叫中途的小客栈。它看上去很独特的一部分原因是其大部分木造骨架都上了漆，遮住了木材本身的颜色。显然油漆工认为这个地区黑白相间的木造骨架建筑是如此的流行，所以这家客栈也不能落伍。抑或是店家老板有些嫉妒金阿姆斯客栈，才会这样装饰。不管怎样，已刷白漆的砖砌建筑外的木质结构也被刷了一层保护漆，如今这建筑看上去很明显是木梁框架。尽管从正面看，这

第八章 老客栈遐想

昂伯斯利村外的中途客栈

蒂克斯伯里的贝尔客栈

老客栈

座房子已经不是原来的模样,但它还是一道亮丽的风景线。显然这种框架间用砖石、白石灰建造的房屋就像时尚的珍珠,如果你不能拥有一件真品,一般的仿制品也挺难辨其真伪,除非在极其仔细的观察下。

从昂伯斯利出发,我来到蒂克斯伯里,那里有一家贝尔客栈。这家客栈就像奇格韦尔的五月柱客栈,因小说而闻名于世。至少我们是从城外粘贴的一张告示知道这家客栈的,但我感到挺羞愧的是我得承认我并没有读过《绅士约翰·哈利法克斯》——一部使这家客栈闻名于世的著名小说。

蒂克斯伯里的客栈外的人字形屋顶

如今伯克利阿姆斯客栈的上层建筑仍然可见原貌。

而百老汇镇的莱贡阿姆斯客栈是一家"豪华的"老客栈。在一片

蒂克斯伯里的伯克利阿姆斯客栈的上层建筑

第八章 老客栈遐想

老客栈

景致如诗如画的环境中,我们发现了这座舒适的现代酒店。酒店的各个角落都保存得非常完好。1775年,不朽的塞缪尔·约翰逊博士告诉我们:"世间人类所创造的万物,哪一项比得上酒吧更能给人们带来无限的温馨与幸福。"这句名言用于今天的莱贡阿姆斯客栈再合适不过了。冬日里,坐在大壁炉前——没有寒风、灯火通明——就这一点,我可以肯定地说,很多房屋就不具备,人们通常是冷得缩脖子缩脚的,或是因为灯光不足而导致自己完全无法看书。

老客栈

现在在莱贡阿姆斯客栈可不必有这种担心,内部装有隐形中央供暖和电灯——从此不用忍受寒冷和黑暗,但客栈的那种中世纪氛围依然存在。

珍贵的旧家具从未丢弃,即使是随处可见的美式风格家具也保留着。

我曾多次尝试画莱贡阿姆斯客栈的速写画,但却只保留了这一张。因为于我而言,莱贡阿姆斯客栈就是百老汇。这广袤的背景对于这面临大街、背靠紫山的客栈就像父母一般,任何

百老汇镇的莱贡阿姆斯客栈

没有这广袤背景的素描都无法让我对这客栈产生感觉。只有一张包含有全村庄的素描才是我想要的，就像一个大的父母的家包围着一个小的孩子的家一样。

在莱贡阿姆斯客栈的留言簿上（或者还是叫它原来的名字：怀特哈特客栈），我们发现了许多贵宾的名字，几乎每一位都曾经在这里做过短暂的停留。后来的一位旅客菲尔·梅的一幅小素描，现在挂在前厅的入口处，就像一缕春风总能化解人们不良的情绪。

之所以叫"菲尔"，是因为这个名字大家都知道。他到百老汇来就是为了休息放松，在静寂的大街上采风，但这里也有手摇风琴演奏家、街头乐队、小商贩等。对如今来说，可真是一种讽刺。

我可不认为安谧的百老汇像菲尔描绘的那般在夜色来临时成了霓虹闪耀的欢乐区。

我最后一次见到他时，他身着华美而艳丽的带格子图案的马裤。我们是在罗曼诺饭店偶然碰到——当你想见菲尔时，你总能偶然遇见他——就在吧台那儿站着一群老去那里晃荡的闲人。

我们经过这群人时，每个人都转过头问上一句"早上好啊，菲尔"。这里所有的常客都会和他打招呼，而菲尔则会停下来请别人抽烟或喝酒。当我们最终来到吧台末端时，我问他是不是认识这二十来位客人，就好像老朋友一样。

"认识他们？"菲尔说道，"一个也不认识，但他们都知道我。"

这真是最慷慨的人了，这就是他生活的方式。即使在百老汇大街上，他也会抛些先令给街上玩耍的孩童，到最后孩子们每天早上会在菲尔住的客栈外排好队等候他的出现。这真是一个哪怕自己身上只有一个先令，只要别人开口，他就会给的人。

一天早上，一位朋友坚持要送菲尔一只狗。菲尔不是特别喜欢狗的人，但为了使他的朋友高兴，他接受了这只狗并谢谢朋友，还要这位朋友把狗送到他的马厩去，就在麦尔布里路。后来，当他回到家时，他给马夫留了一张便条，说如果有只狗被送来，他并不想要它，马夫可以任意处置这只狗。从此菲尔没有再看到或听到任何关于这只狗的消息。几天后，他启程去了澳大利亚。

大约一年后，菲尔的那位朋友在镇上遇见了他。

"嗨，菲尔，"朋友问道，"我送给你的那只狗怎么样？"

"狗？"菲尔已经完全忘记这位朋友送给他的这个礼物了。

"是啊。就是我大概12个月前送给你的那只。"

"哦，是的。"菲尔回答道，他记起这档子事了，"它现在已经长成一只大狗了，你都认不出它。"说着他就把自己的双手伸出来，双脚半弓做出一只大丹狗或圣伯纳犬的模样。

"嗯！"朋友若有所思地说道，"但是我给你的可是一只很老的狗啊。"

莱贡阿姆斯客栈的历史被罗素先生，也就是该客栈的老板详细地记录着，我不能在由他和他的两个儿子编撰的册子上做任何的改动。

在这本小册子上，我看到百老汇距离伦敦有 90 英里，但我的朋友帕特森认为如果从海德公园角测量的话，应该是 94 英里。1604 年，约翰·崔维斯买下 YN 客栈，改名为怀特哈特客栈。1641 年，约翰·崔维斯逝世，被葬在百老汇教堂。一块奇怪的黄铜上记录了他的生平。客栈一直由这个家族掌管，从父亲到遗孀，再到儿子等等，一直传到 1734 年。

在内战动荡不安的年代，乌苏拉·特拉维斯夫人，也就是约翰·特拉维斯的遗孀（特拉维斯是崔维斯的后人）于特拉维斯死后 30 年去世，被葬在百老汇教堂。

在这段时期，她儿子帮她一起打理客栈，为英国国王查理一世和奥利费·克伦威尔准备食宿。

1734 年，约翰·泰列维斯继承了这家客栈。于是从 1604 年到 1734 年，从崔维斯到特拉维斯再到泰列维斯，尽管在百老汇教区注册的所有人名字一直拼写不同，但这家客栈一直由这个家族掌管。

除去在百老汇教区的注册记录外，我们还有其他证据可以证明这家客栈是由这个家族掌管。在其詹姆斯风格的入口处就刻有约翰和乌苏拉·特拉维斯的名字（百老汇教区注册的名字在这儿肯定拼写有误），名字旁标注的日期是公元1620年。

而且当工人在修缮这家客栈时，在一间卧室里的一堆有趣的纪念物中发现了一个木制的小铲子，上面刻有"特拉维斯"。铲子上的油漆掉了很多，但还是可见T.T.这两个字母，可能是托马斯·特拉维斯名字开头的大写字母，应该是从1620年至1624年。

1767年，一个名叫吉尔斯·阿特伍德的人成为客栈老板，1793年，"怀特哈特客栈"属于克里斯托夫·霍尔姆斯并登记注册。

霍尔姆斯的遗孀在1806年将客栈卖给伊夫舍姆镇的一个律师，随后客栈被多次转手，直到现在的老板于1903年买下并修复客栈。

所有的这些关于这家客栈的故事连同一些细节都汇编为《英国老客栈故事集》，并可以在客栈里购买到。

根据来客的记录，英国国王和王后似乎是这儿的常客。英国历史上的乔治国王、爱德华国王，还有我们受人爱戴的乔治王子和他的弟弟亨利王子都曾下榻于此，别说还有普通的"贵族和上流人士"，就像老朋友帕特森所说，那人名真是不胜枚举。除此以外，还有来自艺术、文学、音乐和戏剧的知名人士都记载于客栈的访客名单里。

美食、舒适和秀色可触的中世纪氛围使莱贡阿姆斯客栈成为英国名副其实的第一乡村客栈。

第九章

漫游老客栈

在我一生中,我曾把到城堡客栈视为朝圣之旅,见证了它的不同的房东。无论何时我要出发,我都会在那儿住上一宿,只为从村庄的街头欣赏那日落。

老客栈

达特福德的公牛客栈

伦敦数英里外的多佛路上,是位于达特福德的公牛客栈,也属于马车时代的遗迹。

这家客栈在不同的历史时期招待过许多海军历史上的名人,别提这公路上来来往往的普通旅客了。

当身处其内宽敞的庭院,走廊上掠过忙碌的女仆和侍者的身影,人们不得不运用哪怕一点点想象力去回想一下这条路上的往日:一片空旷之处开来十几辆马车,它们驶进庭院却不觉拥挤——这院子该是得有多大啊。

客栈面对着大街,整体很像罗切斯特的公牛客栈,这对狄更斯的崇拜者来说可是大名鼎鼎。后一家客栈的一楼和二楼有大大的窗户——说明该建筑是安妮女王时期的风格。

但达特福德的公牛客栈见

第九章 漫游老客栈

证过更好的时代。现在客栈周围满是建筑和工厂，和马车时代不同的是，现在很少有旅客会光临这家客栈。

如果是马车时代，我都怀疑你能否在那订得到客房或晚餐，当然啦，如果你有马匹的话，也很难在那儿安置你的马儿，因为那里时常有一百来匹马儿。

但现在即使是开车的人都不怎么来这儿，因为它离伦敦太近，吸引不了他们。

在汤布里奇有一家很好的客栈，叫做切克斯。和达特福德的公牛客栈一样，现在可不是它最好的光景。

客栈的下层建筑部分大多已改变面貌，就像很多类似的老建筑一样，好多部位都已修缮复新，如把原来的格式框架的窗户换成了上下推拉窗。

汤布里奇的切克斯客栈

老客栈

客栈上层建筑部分的半木制结构仍然保存完好,尽管涂有大量的恐怖的红油漆。

客栈周围有一种奇怪的中世纪的氛围,毫无疑问它曾经是汤布里奇村唯一的客栈。

无论何时走进肯特,我都会忍不住想起我称之为英国最美的村庄——奇德林斯通。村庄里只有六个房子,一家客栈和一座教堂,一切都是这样美好,难道你还要给它添彩点睛吗?

大约下午四点,我来到城堡客栈,打算喝点茶,然后漫

奇德林斯通

步到莱伊小镇，但奇德林斯通一直停留在我的脑海里，而且我的行李马上就被送进了客栈里。

英国有些村庄是人们从来都看不厌的，奇德林斯通就是其中之一，而对我来说，它是唯一的一个。

我知道读者会说有太多关于它的油画了。在许多皇家艺术展览中，你都可以看见关于它的油画。它是如此的美丽，是都铎风格村庄的完美展现，根本不能说成是老生常谈。

在我一生中，我曾把到城堡客栈视为朝圣之旅，见证了它的不同的房东。无论何时我要出发，我都会在那儿住上一宿，只为从村庄的街头欣赏那日落，然后睡在我最中意的房间里，房间里是横梁结构，且装有精巧的同地板相水平的小窗。

尽管客栈的历史可以追溯至17世纪，其本身却未被特别刷漆。从与之相邻的房屋来看，我们猜测它可能是后来才被用做客栈。

画中常把它画成一座客栈，这种猜测也是可以理解的，因为即使这屋子没有营业执照，旅客也能进店住宿。

想要从罢工和其他不好的事情中抽出身获得片刻安宁，我只需要住在这村庄和城堡客栈，这对任何人来说都是如此，管你是作家、艺术家抑或商人。

"当你遗忘世界，你也将被世界遗忘"确实是奇德林斯通的格言，在那些紧张繁忙的日子里，这才是我们许多人想要寻觅的地方。

老客栈

所有优秀的高尔夫球手都知道莱伊的美人鱼客栈——我不是一个好高尔夫球手,我知道这家客栈只是因为它的盛名。

一旦走进莱伊,你便走进了中世纪。也就是说,你无须去运用想象力,甚至都不用闭上双眼去遐想。

中世纪的世界就在眼前。在客栈的每一个角落,你都希望

莱伊的美人鱼客栈

第九章　漫游老客栈

能够见到身材高大的人和穿着厚重靴子的虚张声势的海盗突然出现和你打招呼。这已然是我看到美人鱼客栈的第一感觉。

我第一次看它是从车里，但当地居民指给我看它的鹅卵石外墙后，使我对它改变了看法。我把我的车停入马厩，那里还有好多其他开车旅行的人，多么令人吃惊！然后我开始想要找寻这里是否有脚上戴着有浮夸的玉佩的人。

世人皆知，美人鱼是很羞涩的。莱伊的美人鱼客栈更是将这种特质发挥到了极致。

沿着一条狭窄的鹅卵石铺砌而成的街道而上，这与莱伊其他的街道别无二致。这条街是如此的美丽以至于你马上想起房屋中介，然后开始左顾右盼看是否有房屋出租，于是你顺着在山脚下由之前的年过古稀的居民指给你的方向依山而上。

到达山顶，那里只有一幢房子看起来像美人鱼客栈，但你目之所及能看到的招牌却是海蛇客栈。别被这招牌阻止了你的脚步，进去吧。

一旦进入其中，你便发现自己的推测是正确的。如果傍晚时你在门口被这位兼作家身份的女房东欢迎着，还误以为美人鱼说的就是她。这时的你爬了那么久的山路，简直是上气不接下气。

但是这客栈本身就挺舒适的，而且女房东可能就是一个有点上了年纪的美人鱼呢，尽管她身着最现代的高尔夫

老客栈

老客栈

球手的服装。

就像在百老汇,这里衣食住行等物质享受都挺不错(这对于高尔夫球手来说真是一间大房子),而且它的中世纪的氛围犹如百老汇一样也都保存得很好。

当人们说起时,我总是得详细解释"住宿"一词:"在一家老客栈里,你不可能享受到舒适。因为没有浴室或照明"等等。然而这些设施都是可以具备的,现在就有老客栈具备这些设施,当然前提是老板知道如何安装这些设施。电灯、中央供暖、浴室都很丑——它们平淡无奇却很实用——如果能够把它们安装好,倒是能够物尽其用,给人们以惬意舒坦。

美人鱼客栈就是如此——可以说这些设备安装得非常隐蔽巧妙。

就像许多老房子一样,屋后的景色是最美的。这样描述对于美人鱼来说可能有点不太礼貌,但确实如此。这很像布鲁斯·班斯法瑟[1]的老比尔笑话,"我最喜欢戴防毒面具的人。"

尽管如此,确实许多老房子背后的景色通常要比从正面看有趣得多,因为多数情况下,房东只会在房子的正面做些糟糕的修复或改变,而屋后则保留原样。

沿着这陡峭的小路而上——莱伊的路都很陡,一路都有旗标指向山顶的这幢木造骨架建筑,经常光顾美人鱼客栈的

---

[1] 布鲁斯·班斯法瑟(1887—1959年),英国连环漫画家,以冷酷而幽默地描绘战壕里的士兵而著名。(译者注)

老客栈

莱伊的美人鱼客栈内部

走私者应该就是这样上来。这幢房子背靠丽景——尽管日后房子的背景也会有所改变。走进现在的台球室，室内有15英尺长的横梁横跨壁炉间屋顶的两端。在冬日，你可以看见偷渡者和渔夫围着炉火取暖吹牛。

客栈好多房间内都有古老的横梁结构和镶板，这是典型的都铎风格，而且在这些结构上刻有著名的都铎玫瑰。有些房间还装有雅致的麻布隔板，隔板后是隐蔽的旋梯，偷渡者可以从这儿上上下下而不被人注意。

就像查得斯里科贝特的塔尔博特客栈，你可要小心有一

第九章 漫游老客栈

道梯子通向你的卧室。

显然这样的客栈是英国的习俗,应该像那些老房子一样被英国古建筑和历史建筑保护协会买下产权予以积极的保护。数年前,我们发现班伯里的驯鹿客栈中一间全景房间就被一家美国的大财团买走,把它装船并海运过洋。

就像我之前提到过,班伯里的这间独一无二的房间现在只剩下它石膏屋顶的复制品保存在南肯辛顿博物馆。

现在人们听说是同一家或是类似的一家美国大财团打算从现任老板手中买下美人鱼客栈(我不认为它准备买下莱伊其他的客栈),连同客栈里的隐蔽旋梯、镶板和烟囱壁炉等都一起装运过海到美国。

我希望初步的报价不要太诱人,但美国人都很执着,他们想要的就会出价购买,如果被拒绝,就会不断地抬高价直到买到手为止。

不久前,英国成立了一个老客栈协会,成立它的意义之一就是为了有效监管、推动这些老房子的保护工作。

谈判时不时地在进行,没人知道具体情况,就像驯鹿客栈一样,直到最后我们才发现自己国家的稀世瑰宝流向了美国或其他国家。

从我所能记起的关于这个老客栈协会的相关信息来说,它的宗旨听起来挺不错——对会员征收一定的税费,然后协会的建筑家会给这些老建筑的改造或修缮提供免费的咨询服务，还会建议保留一些老家具在客栈房间内。协会每个成员都会有一份这些客栈出版的历史手册。

即使在冬季，我也会时常遇见像我一样的旅客，从这家老客栈游历到下一家，整个假期就这样度过。

一个老客栈协会可以帮助客栈老板更好地了解自己的客栈以及如何为客人提供更好的服务。如果客栈老板想要翻修或修缮客栈，协会会提供免费的专家级建议。

莱伊的五港口和美人鱼客栈的历史之悠久自不待言，于是我们便在那儿多待了些时日。有什么比在漫长的冬夜坐在燃着的篝火旁阅读着有关这个地方的历史更为有趣的呢？莱伊有许多旅游指南，这些书都可以引起旅客的极大兴趣并在他们探索完美人鱼客栈的隐秘旋梯和过道后提供给他们关于这个奇妙的古镇的一切历史信息。

靠近刘易斯小镇，在刘易斯和伊斯特本之间，有一个温馨的小村庄名叫奥尔弗里斯顿，隐藏在苏塞克斯山之间。在小村里有一家星辰客栈。

数年前，我曾拜访过星辰客栈。那时，它主要是水泥建造，只有正面的少量木造结构让其显得庄严肃穆。但在我离开莱伊前往奥尔弗里斯顿后，我发现这之前全是水泥制的星辰客栈的外貌已大为改善。

曾经有这样一个案例，这大约是二三十年或更久之前的事，有一所老房子——很明显应该是一幢木造骨架的老房子——被

第九章　漫游老客栈

老客栈

一群粗野的农村人用水泥糊住了房子漂亮的木质做工。

后来客栈换了一位新老板，查理·伍德，一个前赛马骑手。我们必须对他表以敬意，因为他很仔细地去除了客栈难看的水泥外表（就像索尔兹伯里的乔治客栈），再现星辰客栈正面的都铎风格的木造骨架。

这是一次明智的修缮或复原，随便你怎么称呼都不为过。

老客栈

现在这个小客栈看着就挺让人舒心,比之前更能带给人们乐趣,这包括所有的艺术家、作家和建筑行家。

这说明这些老客栈的老板还没有被利欲熏心。

尽管现在还是冬季,但客栈已经客满——根本没有空客房——而且它们整个冬季都被订满,一打听我还发现这里有好多美国人。

然而,没什么好令人气馁的,我便在别处订了个房,但

奥尔弗里斯顿的星辰客栈

第九章 漫游老客栈

还是在客栈吃的晚餐。其间很满足地看到客栈老板婉拒了两位想要投宿于此的旅客。我有两天时间都待在停在客栈外的小车里阅读、做记录、欣赏客栈外美丽的风景。

一件奇怪的装饰船头的雕像被立在房子的一个角落里，看起来和房子挺相称的。毫无疑问它被放置在那儿的年头比屋内其他的装饰要晚得多。

更特别的是，雕像正面的雕工和着色都很独特，无论从哪个角度看都像木质的微型怪兽。所以在一定程度上使得这个船头雕像和客栈更搭了。

在星辰客栈的一些横梁上刻有I.H.S字母，很显然客栈最初是为修道院所建。客栈正面刻有一个日期，为公元1520年。实际上，人们认为它最初应该是修道院的食堂。所以毫无疑问的是，这客栈就像美人鱼客栈一样，后来被萨塞克斯海岸的走私贩所利用。实际上，在客栈里仍有一条秘密的通道从客栈通往海边附近某处。也就是说最先是供修道院所用，后来就被走私贩利用了。

这可能只是一个传统吧，但无论如何，客栈弥漫着海盐的气息，而且仅从那个船头雕像就可以知道一度曾有大批水手光临这里。

现在，奥尔弗里斯顿村已经发展成一个大的贸易中心，客栈的大厅和吧台坐满了一边谈论着买卖的赢家，一边享受着法国白兰地和其他走私货的商人和马夫。

老客栈

老客栈

第九章 漫游老客栈

所有的运动员都应该光顾过这美丽的老客栈吧。

从星辰客栈出发前往迷人的米德赫斯的萨塞克斯小镇，寻找飞鹰客栈就是我的下一站旅程。尽管飞鹰客栈在其外表上不像奥尔弗里斯顿的星辰客栈那样适合素描，其内部还是值得观赏的。

已故的爱德华国王一定对这些古老的客栈很感兴趣，因为我们多次发现他拜访这些客栈的足迹，就是为了看一看其温馨如家的内部。

除去别的原因，飞鹰客栈拥有这项荣誉，那就是这位已故的国王曾有两次在拜访米德赫斯的时候，专程下榻这家客栈。

多年以前，当我还是一个努力奋斗的艺术生时，我住在米德赫斯。那时这家客栈的大部分都作为乡村小屋出售。现在这整幢建筑，毫无疑问也就是客栈的所有产权，已经被房东收回，并把房屋适当地改造一番。

问题是现在这家年代久远的客栈开始声名鹊起，于是便有许多外行人声称拥有这家客栈，到底归谁很难说清，但这幢位于米德赫斯的飞鹰客栈，历史最为悠久的客栈作为索赔之一，官司还在打个不停。

我记得位于纽瓦克的撒拉逊首领客栈的土地证之争可以追溯到1341年。然后是圣奥尔本斯的好斗公鸡客栈也声称是现存的最悠久的待客客栈，有超过1000年的历史。格兰瑟姆的天使客栈原本属于圣殿骑士团，可追溯至11世纪。科恩布鲁克的鸵鸟客栈大约也建于该时期，而格拉斯顿伯里的乔治客栈则是1489年建起。据说托马斯·贝克特[1]的刺客曾于1170年住过坎特伯雷的喷泉客栈，而德国大使则在1299年称赞过这家客栈。

然后我们发现我们的老朋友——索尔兹伯里的乔治客栈内有一些雕刻可以追溯至1320年，而诺顿圣菲利普的乔治客栈则建于1397年，所以说文物工作者有大量的文物值得研究。

此外，飞鹰客栈的历史可追溯至1430年，而且也有可靠的证据证明都铎王朝最后一位君主伊丽莎白女王一世曾下榻过这家客栈。

在后来的日子里，我们在客栈里发现了一个特殊的橱柜，橱柜可以加工食材制成粉末。

在这些有趣的老房子里总能够发现世纪划过的影子。

在修复客栈时，遗迹得到重建，镶板、横梁、橱柜、僧侣和走私贩的隐秘旋梯等都愈发地引起文物研究者的兴趣。

安妮女王时期最典型的客栈之一就是位于利普胡克的安克尔客栈。

在这里，就像在达特福德的公牛客栈，我们立刻被拉回

1　托马斯·贝克特（1120—1170年）于1162年至1170年任职坎特伯里大主教。他与亨利二世因教会在宪法中享有的权限发生冲突，后被4位亨利二世的骑士刺杀而殉道。（译者注）

第九章 漫游老客栈

利普胡克的安克尔客栈

到马车时代,僧侣和修道院留在了逐渐暗淡的岁月里。

在安克尔客栈,随着朴茨茅斯的马车来来往往、在路上马蹄踏踏有声,我们只想起了吧台处嘈杂的人声和骑兵号角的欢快的调子。

水手和马车,还有国王和女王,这就是当你坐在安克尔客栈前大片栗树的树荫下或漫步于以苏塞克斯山为背景的客栈的花园时,客栈带给你的遐想。

老客栈

在电报和铁轨还未出现的时代,海军的捷报都是由马车频频送往伦敦。

"快看,英雄凯旋。"在我们还未见马匹出现在路上、停靠在安克尔客栈前,我们就已经听到了骑兵的号角声。

安克尔客栈

第九章 漫游老客栈

利普胡克的安克尔客栈

　　随着马车进入视野，我们看见彩旗和横幅在客栈屋顶随风飘扬，骑兵和马夫的外套弥漫着酒香。这场景就像五月花第一次带来人们的邮件一样。

　　随着马夫挥舞着皮鞭将马儿停在安克尔客栈前的鹅卵石路上，家家户户都走出门外，客栈的马夫、侍女、旅客、补锅匠、裁缝、士兵、水手等等，这地方所有的居民，全都尽情地欢呼。整个利普胡克一下子就知道这装饰了的邮车、欢呼的路人和吹着号角的骑兵的含义。客栈的马厩里通常都有66匹马，

老客栈

花上个三分钟换一下疲惫的马匹,然后鞭策着这新的马队沿着山路疾驰奔向欣德黑德和伦敦。沿途经过的每一个村庄都欢庆着这好消息。安克尔客栈外站满了闲聊、饮酒的村民。为尼尔森——客栈的一个知名人士而欢呼,为海军舰队而欢呼。这欢呼声持续不断一直延续到更多的好消息从朴茨茅斯传来,客栈老板不停地忙着备酒备食,这安妮女王时期的宅子的光辉都映照在酒杯中。

坐在路的拐弯处,我都忍不住要看看这场景。客栈、街道都让人联想到这些马车。至于开车的人和骑自行车的人,这安妮女王时期的房子对他们而言又有些什么故事呢?

在我的客栈清单上,历史最为悠久恐怕就是安克尔客栈了。因为我见过它的最早记录显示爱德华二世于公元1310年下榻过该客栈,然后启程前往普利茅斯。我猜想,如果爱德华二世一行人从来没有来过这家客栈,或者根本就没有这样的事,这客栈也不会保留到今天。

性格温和、爱好运动的安妮女王毫无疑问是这老房子的常客了,每当去附近的沃尔默森林猎鹿时,她都会光临这客栈。

就像许多这样的老房子,安克尔客栈也还保留自己的酿酒屋,但是它的名声可不及科恩布鲁克的鸵鸟酒屋。一串赘长的君主名单显示好多英国历朝历代当政的君主都光临过安克尔客栈,但客栈更需要一个真正精彩的谋杀故事。1814年战役后,盟军都在安克尔客栈会面。普鲁士王国陆军元帅布

第九章 漫游老客栈

吕歇尔、奥尔登堡公爵夫人、乔治三世、王后夏洛特、肯特公爵夫人和维多利亚女王都在客栈里住过。纳尔逊曾是这老客栈里受人欢迎的英雄,即使现在也是。作为一家被纳尔逊曾下榻过的客栈,它将永远为人所知。

在这里,这位著名的海军中将纳尔逊吃完早餐(前一晚他就宿于布福德桥客栈),就准备第二天起航去特拉法加海湾。如今,保存在客栈里的一个航海定向六分仪据说就是当时纳尔逊匆匆忙忙赶去朴茨茅斯时落下的。

在客栈的地窖里,我们能够看到用来扣住送往伦敦波切斯特城堡受刑的法国囚犯的绳索和铁链。同样的绳索铁链还扣住了不计其数的罪犯,这些人是由从伦敦来的马车送到此中转然后押送至博特尼湾。这对于这家客栈或马车听起来不是什么好事情,但晚上还是可以在这里休息一下。

最后,没有塞缪尔·佩皮斯的足迹的客栈都是不完整的,他再度进入话题,是因为1668年他在日记中记录了安克尔客栈,"在从欣德黑德去往吉尔福德的路上迷了路"。迷了路,真是糟糕,到最后他发现自己身处利普胡克,离目的地有16英里远。

第十章

结束

英国有这么多美丽的乡村客栈,所以很难在一本书中对它们一一展开详细的描述,哪怕是蜻蜓点水似的描述都不太可能。

老客栈

　　另一个马车时代的客栈就是牛津郡内泰茨沃思的天鹅客栈。它位于去伦敦和牛津的路上，同利普胡克的安克尔客栈非常像，也是一间挺大的房子，但其光环现在已经完全褪去。尽管现在被分成不同的小房间出租，但它仍然给人一种很强烈的老马车时代客栈的感觉。

　　同样，在艾尔斯伯里也有一家隐藏于市集角落、难以被游客发现的客栈，这是我们发现的一颗珍宝。客栈酒吧的窗子很漂亮。

泰茨沃思的天鹅客栈　　艾尔斯伯里的王首客栈

第十章 结束

毫无疑问，在王首客栈完全被周围的建筑物给遮挡住前，它曾一度位于小镇市集的显著位置，可能是小镇的主要客栈。现在它完全处于其他建筑的阴影之下，导致其重要性完全被忽略。

它的彩绘玻璃和黄格窗都是独一无二的。我知道没有其他客栈有这样精美的窗户，这更像是贸易市政厅大楼的窗户，而不像是客栈的窗户。

英国有这么多美丽的乡村客栈，所以很难在一本书中对

斯提尔顿的贝尔客栈　　亨廷登的乔治客栈

老客栈

布福德桥的伍尔帕克客栈

它们一一展开详细的描述，哪怕是蜻蜓点水似的描述都不太可能。因为这个原因，我必须省略一些本该囊括进来的客栈。

兰开夏郡内米德尔顿的老博思海德客栈、斯科尔斯的客栈、诺里奇的梅德海德客栈、斯提尔顿的贝尔客栈、格兰瑟姆的天使客栈、亨廷登的乔治客栈和勒德洛的羽毛客栈，它们都值得一览。要把它们都写进书里，这本书恐怕要厚得多，那可不是这些小小的插画、素描可以描绘的。

第十章 结束

伊顿斯克恩的白马客栈

关于伦敦的客栈,现在在脑海里都一扫而光。菲利浦·诺曼曾收藏过一本相关的图集,是于1896年为国家而购,现在应该收藏于南肯辛顿的维多利亚和阿尔伯特博物馆内的雕刻展厅的学生作品陈列室。

图集描绘了女王客栈、白鹿客栈、老马头客栈、南华克的王首客栈、泰巴德客栈、乔治客栈,还有许多有趣的客栈,这些记录都值得保存在我们的国家博物馆里。

老客栈

对于一个老客栈的追寻者而言，有以下几点他必须具备。首先便是要有健康的消化系统，因为可不保准他随时能找到如莱贡阿姆斯客栈的美食或美人鱼客栈般的舒适；然后，随身带上一本《帕特森之路》，肯定可以为他的旅途提供帮助、带去欢乐；最后，去购买一本乔治·伯罗斯写的《一些英国的老客栈》吧，这本令人赏心悦目的口袋书可以提供关于老客栈的包罗万象的信息和客栈的历史。

无论这位追寻者是年轻的背包客或是步态蹒跚的老年人、背着旅行包徒步旅行或驾车自由行，以上提到的这三点将满足他所有的需求。无论他向何处前行，这一路他收获的快乐满足将伴随着整个客栈之旅。

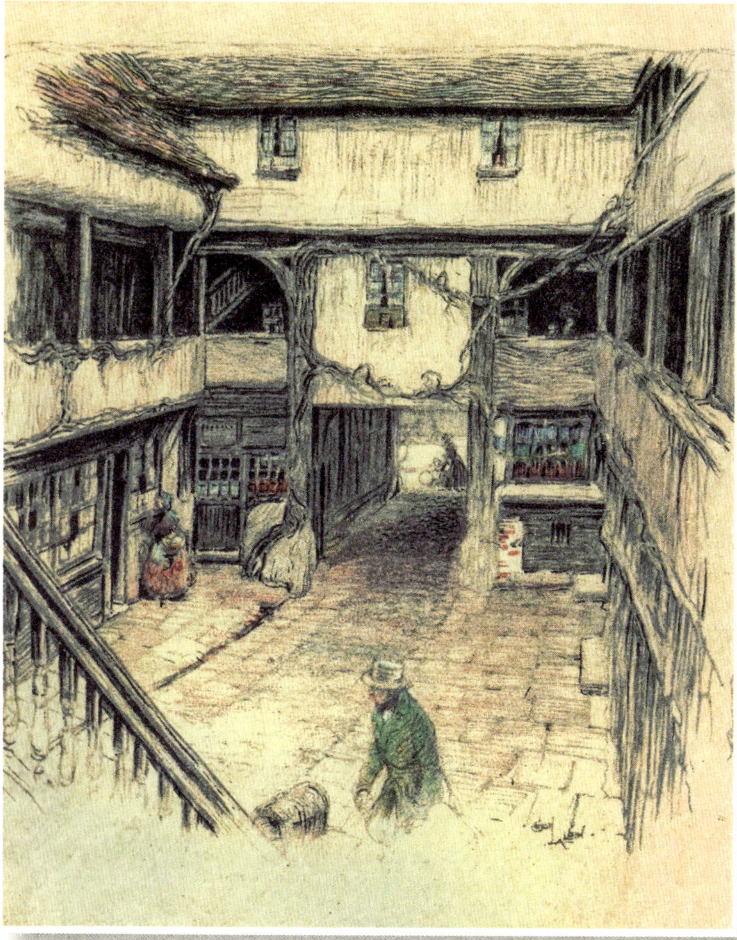